UN NOVIO SICILIANO

CAROL MARINELLI

Editado por Harlequin Ibérica.
Una división de HarperCollins Ibérica, S.A.
Núñez de Balboa, 56
28001 Madrid

I.S.B.N.: 978-84-687-7872-3
Depósito legal: M-6139-2016
Impresión en CPI (Barcelona)
Fecha impresion para Argentina: 31.10.19
Distribuidor exclusivo para España: LOGISTA
Distribuidores para México: CODIPLYRSA y Despacho Flores
Distribuidores para Argentina: Interior, DGP, S.A. Alvarado 2118.
Cap. Fed./Buenos Aires y Gran Buenos Aires, VACCARO HNOS.

Prólogo

UNA mujer que dice ser tu prometida está en recepción y quiere verte.

Luka Cavaliere levantó la mirada de su ordenador para ver la sonrisa irónica de su secretaria.

–Pensé que ya lo había oído todo –comentó Tara.

Era habitual que las mujeres quisieran verlo con cualquier excusa, pero era la primera vez que una decía ser su prometida. Tara sabía por amarga experiencia que la mujer que esperaba en recepción estaba mintiendo porque con lo único que Luka estaba comprometido era con su trabajo.

Y, por eso, su respuesta la dejó sorprendida.

–Llama a recepción y di que puede subir –respondió con su rico acento italiano.

–¿Perdona?

Luka no respondió a la pregunta. Sencillamente, siguió mirando la pantalla de su ordenador como si no hubiera pasado nada. No tenía que repetirse ni dar explicaciones.

–¿Luka?

Tara se quedó parada en la puerta, incapaz de creer que supiera quién era esa mujer cuando ni siquiera había preguntado su nombre.

–¿Quieres una segunda advertencia? Ya sabes que no me gusta tener que repetir las órdenes.

–No, *tú* quieres darme una segunda advertencia para poder despedirme –replicó ella, su voz cargada de angustia–. ¿Quieres que me vaya?

«Por supuesto que sí».

–Porque hemos hecho el amor, ¿verdad?

Luka podría haberla corregido, pero decidió no hacerlo. Él no hacía el amor, sencillamente mantenía relaciones sexuales.

A menudo.

Su dinero atraía a mujeres superficiales, pero su porte y sus habilidades en el dormitorio hacían que ellas quisieran más de lo que estaba dispuesto a dar. Y, desde luego, había sido un error acostarse con su secretaria.

–No voy a discutir sobre eso –replicó–. Dile que suba.

–Pero no me habías contado que estuvieras prometido. Ni siquiera me habías dado a entender que hubiera otra persona...

Luka empezaba a aburrirse.

–Tómate el tiempo que quieras para almorzar –la interrumpió–. No, ahora que lo pienso, tómate el resto del día libre.

Tara dejó escapar un sollozo antes de salir del despacho y el portazo hizo que Luka cerrase los ojos un momento. Pero no tenía nada que ver con el enfado de su secretaria, sino con lo que iba a pasar en los siguientes minutos, para lo que tenía que ir preparándose.

Siempre había habido otra persona.

Y estaba allí.

Se levantó del sillón para mirar las calles de Londres desde la ventana. Era verano, aunque a él le daba igual porque prácticamente vivía en su cómodo despacho con aire acondicionado y vestía los mismos trajes de chaqueta en verano o en invierno.

Menuda ironía, pensó, que Sophie y él fueran a encontrarse en Londres, el lugar de sus sueños juveniles, después de tantos años.

Siempre había pensado que si volvían a verse sería en Roma, en una de sus habituales visitas a la «ciudad eterna». O incluso en Bordo del Cielo, el pueblo costero en Sicilia donde habían crecido. Solo había vuelto para asistir al funeral de su padre el año anterior, pero se había preguntado si iría de nuevo en caso de que el padre de Sophie quisiera ser enterrado allí.

Aún no había decidido si iría al funeral cuando llegase el día. Y sabía que ese día llegaría pronto.

Y esa, también lo sabía, era la razón por la que Sophie estaba allí.

Metió la mano en el bolsillo de la chaqueta y sacó el brutal recordatorio de por qué nunca podría ser: una cadena de oro con una sencilla cruz. Sí, iría al funeral de su padre porque esa joya debería estar en su tumba.

Entonces sonó un golpecito en la puerta.

Su vida sería mucho más fácil si no hubiese abierto la puerta aquel día, tanto tiempo atrás. Tal vez, pensó, en aquella ocasión no debería abrir.

Luka guardó la cadena en el bolsillo y se aclaró la garganta.

–Entra –dijo con voz ronca, sin darse la vuelta.

–Tu secretaria me ha pedido que te diera un mensaje: ha renunciado a su puesto. Aparentemente, soy la gota que ha colmado el vaso.

Su voz, aunque un poco forzada, seguía siendo para Luka como una caricia y tardó un momento en darse la vuelta.

Había esperado que los años no la hubiesen tratado amablemente. Incluso que algún mal hábito la hubiese avejentado prematuramente o que estuviera embarazada de trillizos, por ejemplo... cualquier cosa que pudiese apagar esa llama eterna.

Se volvió por fin y descubrió que el tiempo había sido cruel, para él al menos, porque sus ojos azul marino se encontraron con la perfección.

Sophie Durante estaba frente a él con un sencillo vestido de color marfil que realzaba su voluptuosa figura. El brillante pelo negro sujeto en un moño francés cuando él lo recordaba cayendo sobre sus hombros desnudos. Los zapatos de tacón de color *nude* destacaban sus bien torneadas y bronceadas piernas.

Tuvo que hacer un esfuerzo para levantar la mirada hasta su boca. Los generosos labios estaban apretados cuando él los recordaba abiertos, riendo. Entonces los recordó en otro sitio... pero era una imagen inconveniente y se obligó a mirar los ojos castaños.

Estaba tan preciosa como la recordaba y, como ocurrió el día que se despidieron, ella lo miraba con odio.

–Sophie –murmuró.

No sabía cómo saludarla. ¿Debía estrechar su mano o darle dos besos en las mejillas?

Se limitó a señalar un sillón para que se sentara y ella lo hizo, dejando su bolso de diseño a un lado y cruzando elegantemente las piernas.

–Tienes buen aspecto.

Había tenido que aclararse la garganta cuando le llegó el aroma de su delicado perfume.

–Estoy bien –respondió ella, con una sonrisa tensa–. Muy ocupada, claro.

–¿Estás trabajando? ¿Conseguiste trabajar en alguna línea de cruceros?

–No, me dedico a organizar eventos.

–¿Ah, sí? –Luka no intentó esconder su sorpresa–. Pero si siempre llegabas tarde a todas partes.

Miró el anillo en su dedo, un rubí montado en una banda de oro florentino. Era muy antiguo y no se parecía a lo que él hubiese elegido para ella.

–Parece que tengo muy mal gusto en anillos...

–¡No! –le advirtió ella abruptamente–. No volverás a insultarme.

Él miró los ojos de la única mujer a la que había hecho el amor en toda su vida.

–¿No vas a preguntarme por qué estoy aquí?

–Imagino que estás a punto de decírmelo –Luka se encogió de hombros. Sabía por qué estaba allí, pero la obligaría a decirlo solo por el placer de verla sufrir.

–Mi padre podría salir de prisión el viernes, por motivos de salud.

–Lo sé.

–¿Cómo?

–De vez en cuando miro las noticias –el sarcasmo de Luka no encontró respuesta–. ¿Cómo está?

–No finjas que te importa.

–¡Y tú no te atrevas a suponer que no es así! –replicó él, su tono haciéndola parpadear a toda velocidad.

Al verla se había sentido momentáneamente afectado, pero había recuperado el control y juró no volver a perderlo.

–Pero tú eres así, Sophie. Ya habías tomado una decisión sobre el juicio incluso antes de que eligiesen al jurado. Te lo preguntaré otra vez: ¿cómo está tu padre?

–Se ha hecho mayor y a veces está un poco desconcertado.

–Lo siento.

–¿No es eso lo que le hace la cárcel a un hombre inocente?

Luka la miró, sin decir nada.

Paulo no era tan inocente como ella decía.

–Aunque un Cavaliere no sabría nada de cárceles –añadió ella.

–Pasé seis meses en prisión a la espera de juicio, dos de ellos incomunicado –le recordó Luka–. ¿O te referías a que decidieron que mi padre era inocente?

–No quiero hablar de ese hombre –respondió ella.

Ni siquiera podía mencionar el nombre de su padre y la conversación sería mucho peor si supiera la verdad. Casi podía sentir el calor de la cadenita de oro que había guardado en el bolsillo. Sentía la tentación de tirarla sobre el escritorio para terminar de una vez por todas.

–¿Qué haces aquí, Sophie? Pensé que habíamos roto nuestro compromiso hace mucho tiempo.

–Primero, no quiero que pienses que estoy aquí por alguna idea romántica.

—Me alegro porque sería una enorme pérdida de tiempo si así fuera.

—En cualquier caso —siguió la joven— mi padre cree que has cumplido tu promesa. Cree que estamos comprometidos y que vivimos juntos en Roma.

—¿Y por qué piensa eso?

—Era mejor hacerle creer que habías respetado tu compromiso conmigo. Jamás pensé que saldría de la cárcel y ahora tengo que mantener las apariencias. Le he contado que solo dijiste esas cosas horribles sobre mí en el juicio para protegerlo a él.

—Y así era —respondió Luka—. Dije lo que dije con la esperanza de protegerlo, o más bien de protegerte a ti, pero te negaste a verlo de ese modo —la miró durante largo rato, en silencio, y descubrió que no podía soportar estar a su lado—. Esto no saldrá bien.

—Tiene que salir bien. Me lo debes.

—Te lo debo —asintió Luka—. Pero aparte de que no nos soportamos, yo tengo una vida. Puede que esté saliendo con alguien...

—Me da igual si pone tu vida patas arriba durante un tiempo. Esto tiene que ser así, Luka. Puede que ahora seas un hombre rico en tu elegante oficina londinense y vivas el estilo de vida de la *jet set*, pero eres de Bordo del Cielo, no puedes escapar de eso. Puedes usar a las mujeres como *kleenex*, pero el hecho es que estamos prometidos desde la infancia y eso significa algo en Bordo del Cielo. ¿Me ayudarás a conseguir que mi padre muera en paz?

—¿Quieres que me mude a tu casa y finjamos vivir juntos?

–No, he leído que tienes un apartamento en Roma. Podemos ir allí.

–¿Por qué no al tuyo?

–Lo comparto con mi amiga Bella. Supongo que la recuerdas.

Luka no dijo nada. Por lo que había oído, muchos hombres recordaban a Bella.

–Lleva su negocio desde casa y no sería justo molestarla –siguió Sophie–. Además, sería raro que compartiésemos apartamento con otra mujer.

–¿Y esa enamorada pareja compartiría cama?

–También sería raro que durmiésemos separados.

–¿Y habría sexo? –insistió Luka, deseando ver alguna indicación de que también a ella le dolía, pero Sophie lo miraba con total frialdad.

–No, en absoluto. Después de lo que pasó esa tarde tengo cierta fobia al sexo...

Luka abrió los ojos como platos. ¿Estaba diciendo que no había habido ningún otro hombre después de él?

–Pero, si eso es lo que hace falta para que aceptes, entonces sí, habrá sexo.

–Pensé que la fulana era Bella.

Sophie tuvo que disimular su indignación.

–Todo el mundo tiene un precio –respondió con despecho, y Luka miró a la hermosa, pero hostil, extraña cuya inocencia se había llevado–. Así que el sexo puede ser parte del trato...

–No, gracias –la interrumpió Luka–. No necesito sexo por caridad y, además, las mártires no me excitan. Las que me excitan son las que participan activamente... –al ver su expresión supo que estaba recordando esa tarde–. Tú tienes que saber cuánto me gusta una mujer que instiga a la acción.

Creyó que se ruborizaría al recordar que había sido ella quien prácticamente le suplicó que le hiciese el amor, pero Sophie le sorprendió encogiéndose de hombros.

–Entonces no habrá sexo porque yo no voy a instigar nada. ¿Vas a hacerlo, Luka?

–Me gustaría pensarlo.

–Mi padre no tiene tiempo.

–Déjame tu tarjeta. Te llamaré cuando haya tomado una decisión.

La vio inclinarse para tomar el bolso y, por primera vez, parecía cortada.

–Yo me pondré en contacto contigo –Sophie se levantó para marcharse, pero a última hora cambió de opinión–. Me debes esto, Luka. Estábamos prometidos y te llevaste mi virginidad.

Luka tenía que admirarla porque, al contrario que otras mujeres, no hablaba de su relación de manera emotiva. De hecho, la reducía a los fríos hechos.

–Qué extraña manera de exponerlo. Si no recuerdo mal... –Luka rodeó el escritorio y se colocó frente a ella–. ¿Prefieres un banco de cocina a un escritorio?

Entonces fue Sophie quien tuvo que hacer un esfuerzo para mantener la calma.

–No digas tonterías.

–¿Por qué no me casé contigo? Siendo como eres una buena chica siciliana... –empezó a decir Luka, haciendo el papel de abogado del diablo.

–Le dije a mi padre que mi sueño era entrar de su brazo en la iglesia. Le dije...

–Aún no sé si estoy dispuesto a hacerlo, pero antes de seguir hay algo que debes saber: nunca me casaré contigo.

–Harás lo que tengas que hacer –Sophie clavó un dedo en su torso–. Lo que haga falta.

A pesar de esa fría fachada, sabía que era tan siciliana como la tierra volcánica en la que habían crecido y no intentó disimular una sonrisa de triunfo. Seguía siendo tan apasionada como recordaba. Y eso era lo que siempre había amado y odiado en ella.

–No.

–Después de lo que hiciste, después de lo que dijiste de mí en el juicio...

–Déjate de dramas –replicó él–. Admito que tengo una deuda moral contigo, pero no te debo tanto. Podría ser tu falso prometido, pero no tu falso marido. Acepta eso o vete de aquí.

En realidad, esperaba que se fuera de su vida, de su cabeza, de su corazón.

Pero Sophie pareció aceptar sus términos porque volvió a dejarse caer sobre el sillón.

Era hora de hacer un trato.

Por fin, juntos, se enfrentarían con los errores del pasado.

Capítulo 1

FELIZ cumpleaños por adelantado!

Sophie sonrió cuando Bella sacó del bolso un paquete envuelto en papel de regalo.

–¿Puedo abrirlo ahora?

Ya sabía lo que era, un vestido para su fiesta de compromiso, que tendría lugar la semana siguiente. Aunque las dos trabajaban como camareras en el hotel, Bella era una modista con mucho talento y Sophie había pasado las últimas semanas con piezas de papel cebolla prendidas a su cuerpo con alfileres. Estaba deseando ver el resultado. Bella lo había mantenido en secreto y ni siquiera sabía de qué color era.

–No, no lo abras aquí. Espera a llegar a casa. No querrás que se llene de arena.

Aunque cansadas después del turno de trabajo en el hotel Brezza Oceana, habían ido a su playa secreta. En realidad, no era una playa secreta, pero estaba medio escondida entre los acantilados y no se veía desde el hotel. Los turistas no sabían que se podía llegar a la estrecha playa por un camino que los vecinos de Bordo del Cielo se guardaban para sí mismos. Era allí donde Sophie y Bella iban después del colegio. Años después, aunque trabajaban juntas la mayoría de los días, seguían conservando la tradición.

Allí, donde nadie podía oírlas, se sentaban, con las piernas en el agua de color azul, para hablar sobre sus sueños, sus esperanzas y también de sus miedos...

Pero no de todos sus miedos.

Bordo del Cielo era un pueblo con secretos y algunas cosas eran tan peligrosas que ni siquiera ellas las discutían en voz alta.

–Ahora puedo ponerme a hacer mi vestido –dijo Bella.

–¿Cómo es el tuyo?

–Gris. Muy sencillo, pero sofisticado. A ver si así Matteo se fija en mí de una vez...

Sophie esbozó una sonrisa. Bella llevaba años enamorada de Matteo, el mejor amigo de Luka, pero él nunca la había mirado dos veces.

–Debes de estar muy emocionada –siguió Bella.

–Pues claro que sí.

Su sonrisa, la que esbozaba tan decidida cada vez que alguien mencionaba su compromiso, de repente flaqueó y sus expresivos ojos castaños se llenaron de lágrimas.

–¿Sophie? ¿Qué te pasa? Dímelo.

–No puedo.

–¿Qué es lo que te preocupa? ¿Acostarte con él? Esperará eso una vez que estéis comprometidos, pero podrías decirle que quieres esperar hasta la noche de boda.

Sophie consiguió sonreír un poco.

–Eso es lo único que no me preocupa.

Era la verdad.

Hacía años que no veía a Luka, pero siempre había estado enamorada de él. El padre viudo de Luka,

Malvolio, era el dueño del hotel y de la mayoría de los negocios y casas del pueblo. Y los que no eran suyos tenían que pagar por «protección». Cuando la madre de Luka murió, en lugar de criar a su hijo como había hecho su propio padre, Malvolio lo envió a un internado, pero Luka volvía cada verano y cada año le parecía más guapo. No tenía la menor duda de que los años que había pasado en Londres no habrían cambiado eso.

—La verdad es que estoy deseando volver a ver a Luka.

—¿Te acuerdas de cómo lloraste cuando se fue?

—Entonces tenía catorce años —le recordó Sophie—. Mañana cumpliré los diecinueve...

—¿Recuerdas cuando intentaste besarlo?

—Me dijo que era demasiado joven. Imagino que entonces él tendría veinte años —Sophie sonrió ante el bochornoso recuerdo de Luka apartándola de sus rodillas—. Me dijo que esperase.

—Y lo has hecho.

—Pero él no —dijo Sophie, con amargura. La fama de donjuán de Luka era tan innegable como las olas que acariciaban sus piernas—. Ya entonces se acostaba con unas y con otras.

—¿Y eso te disgusta?

—Sí, pero... —sintió que le ardía la cara al pensar en Luka con otras mujeres—. Yo quiero lo que él ha tenido.

—¿Quieres salir con otros hombres?

—No, quiero libertad. Quiero tener experiencias y hacer realidad mis sueños. He pasado toda mi vida cuidando de mi padre, cocinando, lavando la ropa. Aún no sé si quiero casarme. Quiero trabajar en un crucero... –Sophie miró el brillante mar. Viajar en barco siempre había sido uno de sus sueños–. No me importaría hacer camas para ganarme la vida si fuera en un barco. Es como tú con tus vestidos...

–Pero eso es solo un sueño.

–Tal vez no. Puede que acepten tu solicitud y te vayas pronto a Milán.

–Me han rechazado. Mis diseños no eran lo bastante interesantes y yo nunca podré pagar modelos y fotógrafos decentes –Bella se encogió de hombros, intentando convencer a Sophie de que no entrar en el estudio de diseño de Milán no le dolía en el alma–. De todas formas no podría haber ido a Milán. Necesito ganar un sueldo para pagar el alquiler y Malvolio le diría de todo a mi madre si no pudiera... –sacudió la cabeza, sin terminar la frase.

Sí, había cosas que nunca debían ser discutidas, pero en una semana tendría lugar su compromiso con Luka, y Sophie ya no podía guardarse sus miedos.

–Malvolio me da miedo. No creo que Luka sea como su padre, pero...

–Calla –la interrumpió Bella. Estaban solas en la playa, pero miró por encima de su hombro para estar segura del todo–. No hables así.

–¿Por qué no? Solo estamos hablando. No quiero casarme, ya está –dijo Sophie por fin–. Tengo diecinueve años. Hay tantas cosas que quiero hacer antes de sentar la cabeza. No sé si quiero...

–¿No sabes si quieres vivir en una casa preciosa, rodeada de criados? –replicó Bella, enfadada–. ¿No sabes si quieres ser rica? Pues si me hubiera pasado a mí me sentiría afortunada.

—Pero yo...

—Malvolio quiere que trabaje en el bar del hotel. A partir de la semana que viene no estaré haciendo camas, estaré... —Bella no terminó la frase y Sophie tuvo que contener sus propias lágrimas—. De tal palo, tal astilla. No me avergüenzo de mi madre, hizo lo que tuvo que hacer para sobrevivir, pero no quiero eso para mí.

—¡Entonces no lo hagas! —Sophie sacudió la cabeza—. ¡Dile que no!

—¿Crees que me haría caso?

—No tienes que saltar cada vez que él dé una orden. No puede obligarte a hacer nada que no quieras hacer —insistió Sophie. Odiaba que todo el mundo obedeciese las órdenes de Malvolio, su propio padre incluido—. Si no puedes decirle que no, yo lo haré por ti.

—No, déjalo —le rogó Bella.

—No voy a dejarlo. Cuando Luka llegue el miércoles hablaré con él...

—No servirá de nada —la interrumpió Bella, levantándose—. Tengo que irme a trabajar. Perdona, no quería ponerme así. Entiendo que es tu decisión casarte o no.

—Las dos deberíamos poder decidir —dijo Sophie.

Pero no era así.

Todo el mundo pensaba que era afortunada porque gracias a la relación de su padre con Malvolio se casaría con Luka.

Nadie había preguntado a la novia.

Salieron a la calle y pasaron frente al hotel Brezza Oceana, donde tendría lugar la fiesta de compromiso.

–¿Estás tomando la píldora? –le preguntó Bella entonces.

Dos semanas antes habían ido en autobús a un pueblo vecino para que Sophie comprase las pastillas sin que lo supiera el médico del pueblo.

–Todos los días.

–Será mejor que yo también las compre.

El corazón de Sophie se encogió al notar la resignación en el tono de su amiga.

–Bella...

–Tengo que irme.

–¿Nos veremos esta noche en la iglesia?

–Por supuesto –Bella intentó sonreír–. Quiero ver cómo te queda el vestido.

Sophie casi había llegado a casa cuando recordó que debía comprar pan, de modo que se volvió y corrió hacia la panadería.

Cuando entró, las conversaciones pararon abruptamente, como solía ocurrir últimamente. Intentando pasar por alto la extraña tensión sonrió a Teresa, la propietaria, y pidió aceitunas y queso, además de un pan siciliano, que era el mejor pan del mundo, y luego sacó el monedero para pagar.

–Es gratis –dijo Teresa.

–*Scusi?* –Sophie frunció el ceño. No quería cobrarle porque iba a casarse con el hijo de Malvolio, pero dejó el dinero sobre el mostrador antes de salir. Ella no quería saber nada de esas cosas.

–Llegas tarde –la regañó su padre cuando entró en la cocina, donde Paulo estaba leyendo el periódico–. Llegarías tarde a tu propio funeral.

–Bella y yo hemos estado charlando un rato.

—¿Qué traes ahí?

—Pan y aceitunas... —Sophie se dio cuenta de que se refería al paquete que llevaba en la otra mano—. Padre, cuando iba a pagar en la panadería, Teresa me dijo que no tenía que hacerlo. ¿Tú sabes por qué?

—No lo sé —Paulo se encogió de hombros—. Tal vez solo quería tener un detalle. Después de todo, compras allí todos los días.

Sophie no iba a dejarse engañar.

—Me sentí incómoda. Cuando entré, todo el mundo dejó de hablar de repente. Creo que es por mi compromiso con Luka.

—¿Qué llevas en ese paquete? —su padre cambió de tema y Sophie dejó escapar un tenso suspiro mientras dejaba la bolsa sobre la encimera.

—El vestido para la fiesta que me ha hecho Bella. Voy a probármelo.

—Ah, muy bien.

—Padre... —mientras cortaba la barra de pan, Sophie intentaba que su tono no la delatase—. Dijiste que me darías las joyas de mi madre cuando me comprometiese.

—Dije que te las daría cuando te casases.

—¡No! Dijiste que me las darías cuando Luka y yo estuviéramos comprometidos. ¿Puedes dármelas ahora, por favor? Quiero ver cómo me quedan con el vestido.

—Sophie, acabo de sentarme...

—Si me dices dónde están, yo iré a buscarlas.

Su padre dejó escapar un suspiro de alivio cuando sonó el teléfono. Estaba inventando excusas y ella lo sabía. Durante años había preguntado por el collar de su madre con pendientes a juego y Paulo siempre inventaba alguna razón para no dárselos.

—Padre... —empezó a decir cuando volvió a la cocina.

—Ahora no, Sophie. Malvolio me ha pedido que me reúna con él.

—Pero si es domingo.

—Dice que tenemos que hablar de algo importante.

—¿Y no puede esperar hasta el lunes?

—¡Ya está bien! —replicó él—. Yo no puedo cuestionar sus decisiones.

—¿Por qué no? —lo desafió ella, harta de que su padre fuese la marioneta de Malvolio—. ¿Sobre qué es la reunión? ¿O es solo una excusa para quedarte en el bar toda la noche?

Curiosamente, Paulo soltó una carcajada.

—Hablas como tu madre.

Todo el mundo decía lo mismo. Al parecer, Rosa había sido una mujer volcánica, aunque ella no la recordaba porque había muerto cuando tenía dos años.

—Toma —dijo Paulo, ofreciéndole una bolsita—. Aquí están las joyas.

Sophie dejó escapar una exclamación.

—Esto significa mucho para mí.

—Lo sé —murmuró él, casi sin voz—. Solo están los pendientes.

—Pensé que había una cadena de oro con una cruz...

Su madre la llevaba en todas las fotos, pero su padre negó con la cabeza, apartando la mirada.

—Creo que se le cayó en el accidente. Incluso después de tantos años sigo buscándola entre los arbustos cuando voy a dar un paseo por las mañanas. Yo quería dártela... siento mucho no poder hacerlo.

–¿Es por eso por lo que siempre me dabas largas? Padre, yo solo quería tener algo de ella... –Sophie miró con lágrimas en los ojos los aretes de oro con pequeños diamantes–. Y ahora tengo sus pendientes. Muchas gracias.

–Tengo que irme a la reunión –se limitó a decir Paulo–. Intentaré volver a la hora de cenar.

Sophie hizo una mueca. No quería discutir después de que por fin le hubiera dado los pendientes de su madre, pero no podía morderse la lengua.

–Si Malvolio te deja.

Vio que su padre cerraba los ojos un momento antes de volverse hacia la puerta.

Sabía que tal vez se lo estaba poniendo aún más difícil, pero no le gustaba su relación con Malvolio Cavaliere.

–Padre, no sé si quiero comprometerme.

Contuvo el aliento al ver que Paulo tensaba los hombros.

–Es normal estar nerviosa –dijo él, sin volverse–. Tengo que irme, hija.

–Padre, por favor, ¿no podemos hablar?

Pero la puerta ya se había cerrado.

Sophie tomó una fotografía de su madre, pensativa. Podía ver el parecido. Tenían el mismo pelo negro, largo, los mismos ojos oscuros y labios gruesos. Desearía tanto que estuviera a su lado, aunque solo fuese un momento. Echaba de menos los consejos de una madre.

–Estoy tan desconcertada –admitió, mirando la foto de Rosa.

Por un lado temía casarse y, sin embargo, por otro

anhelaba volver a ver a Luka, el hombre de sus sueños. Siempre había estado enamorada de él y quería que su primer beso se lo diera él, que le hiciera el amor...

¿Pero qué querría Luka?

Sin duda, él estaría temiendo tener que cumplir con el compromiso de su padre de casarse con la pobre Sophie Durante.

¿Era esa la razón por la que Malvolio controlaba a su padre?, se preguntó.

Pues ella no necesitaba caridad y así se lo diría.

Después de dejar la fotografía sobre la mesa, subió con el paquete a su habitación y lo abrió por fin.

El vestido, de seda color coral, era exquisito. Estaba deseando probárselo, pero antes se dio una ducha rápida y se lavó el pelo para ver el efecto completo frente al espejo.

Y se quedó sin aliento. Todas esas horas de pie mientras Bella le clavaba trozos de papel con alfileres habían merecido la pena.

El vestido era asombroso: escotado, ajustado a la cintura y cayendo en capas hasta las rodillas, destacaba unas curvas que hasta entonces ella hacía lo posible por ocultar.

Por supuesto, tendría que ponerse sujetador, pero incluso sin él resultaba elegante y sexy. Debería quitárselo, pero se puso los pendientes de su madre y un poco de brillo en los labios.

Trabajando en el hotel, estaba acostumbrada a ver mujeres guapas, pero esa tarde, por primera vez en su vida, se sentía como una de ellas. Y, de repente, se ruborizó al imaginarse frente a Luka.

Quería que la viese como una mujer adulta.

Brevemente, imaginó su boca sobre la suya... pero un golpe en la puerta la sacó de su ensueño.

Sonaba urgente y Sophie corrió por la casa, pero cuando abrió la puerta vio que solo era Pino, en su bicicleta.

Tenía doce años y todo el mundo lo usaba como mensajero.

—Malvolio quiere que vayas a su casa —le dijo el chico, ahuecando la voz.

—Malvolio —repitió Sophie, con el ceño fruncido. Ella nunca había estado en su casa—. ¿Por qué? ¿Qué quiere?

—Solo me ha dicho que te diera el mensaje —respondió Pino—. Dice que es importante y que vayas ahora mismo.

Sophie, con el corazón acelerado, le dio al crío unas monedas.

¿Por qué quería Malvolio que fuera a su casa? Había pensado que su padre y él iban a verse en el bar del hotel.

Se puso unas sandalias y corrió colina arriba hacia la espectacular casa de Malvolio, desde la que podía verse el mar y todo el pueblo. Una vez arriba se detuvo para tomar aliento antes de llamar a la puerta. No quería estar allí, pero Malvolio la había llamado.

Y nadie le decía que no a Malvolio Cavaliere.

Capítulo 2

POR QUÉ no le pides a Sophie que venga?
Luka dejó escapar un tenso suspiro ante la sugerencia de su padre. En contra de sus deseos, había estado viviendo en Londres durante los últimos seis años, al principio estudiando, pero después empezando a hacerse un nombre en el mundo de los negocios.

Había ofrecido consejos financieros a los propietarios de un pequeño hotel, pero cuando le dijeron que no podían pagarle después de hacer los cambios que había sugerido, Luka se ofreció a trabajar para ellos por un porcentaje de la propiedad.

Había sido un riesgo, pero el hotel estaba empezando a funcionar y poseía un diez por ciento de un próspero negocio.

Podría tenerlo todo en Bordo del Cielo. Su padre era uno de los hombres más ricos de Sicilia y había llegado el momento de ocupar su sitio. Él pensaba que había vuelto para sentar la cabeza y hacerse cargo de su imperio, pero Luka había decidido apartarse para siempre.

Esos años en Londres le habían abierto los ojos. Había descubierto que su padre era un corrupto y solo había vuelto a Sicilia en algún viaje ocasional.

Deliberadamente, no había visto ni hablado con Sophie en todo ese tiempo.

Y en ese tiempo habían cambiado muchas cosas.

–Estaría bien que pasaras algún tiempo con ella antes de la fiesta de compromiso –había insistido Malvolio–. Angela estará en la iglesia –añadió, refiriéndose a su criada– así que me iré y os dejaré solos un rato...

–No va a haber ninguna fiesta de compromiso –lo interrumpió Luka, mirando al hombre al que ya no reconocía. A quien, en realidad, nunca había conocido–. Porque no habrá compromiso. No voy a casarme con Sophie Durante.

–Pero estáis prometidos desde la infancia.

–Esa fue tu promesa, no la mía. Tú elegiste a mi futura esposa como has elegido que me dedique al negocio familiar. Pero estoy aquí para decirte que vuelvo a Londres, padre. No voy a vivir aquí.

–No puedes hacerle eso a Paulo, a Sophie...

–No finjas que te importan –lo interrumpió Luka, viendo que su padre empezaba a respirar con dificultad, como le ocurría siempre que alguien le llevaba la contraria.

–No voy a dejar que me hagas esto –replicó Malvolio–. No vas a ensuciar el apellido Cavaliere.

Luka apretó los dientes. Su padre era quien había ensuciado el apellido Cavaliere. Él, que robaba a los pobres, a los enfermos, que dominaba a la gente de Bordo del Cielo con puño de hierro. Esa era la auténtica vergüenza.

–Hablaré con el padre de Sophie y le explicaré por qué no voy a casarme con una mujer elegida para mí.

Como no voy a dejar que me dictes a qué debo dedicarme ni el sitio en el que debo vivir.

–Destrozarás la reputación de Sophie.

–No voy a seguir discutiendo –dijo Luka–. Hablaré con Paulo sobre mi decisión y luego, si él me lo permite, hablaré con Sophie.

–No vas a volver a Londres. Trabajarás para mí. Después de todo lo que he hecho por ti...

–¡No sigas! –lo interrumpió Luka–. No digas que has hecho todo esto por mí cuando yo nunca te he pedido nada.

–Pero lo has aceptado –le recordó Malvolio–. Has vivido en la mejor casa, has recibido la mejor educación. No voy a dejar que le des la espalda al negocio familiar.

–Tú no vas a decidir cómo vivo mi vida. No necesito tu permiso para hacer nada.

Iba a darse la vuelta, pero su padre lo interrumpió como solo él sabía hacerlo. Luka podría haber detenido el puñetazo, pero no lo hizo. Su padre lo envió contra la pared y sintió un chorro de sangre resbalando por la cara, pero eso no detuvo a Malvolio.

Su único hijo quería darle la espalda a todo lo que había construido para él y no iba a permitirlo. Lo golpeó en el estómago y cuando Luka se dobló sobre sí mismo Malvolio le golpeó en las costillas. Pero lo único que consiguió fue reafirmar su decisión de marcharse para siempre.

Luka logró apartarse para enfrentarse con él.

–Los hombres inteligentes no utilizan los puños sino el cerebro –le espetó cuando Malvolio volvió a levantar el puño–. Puede que asustes a otros, pero a mí no. Y si vuelves a pegarme te devolveré el golpe –le advirtió.

Y hablaba en serio.

–Te casarás con ella.

Luka no devolvía los golpes, pero la ira lo cegaba. Odiaba que su padre le dictase cómo vivir su vida.

–¡Vivo en Londres! –gritó–. Y salgo con modelos, mujeres guapas y sofisticadas, no con la vulgar campesina que tú has elegido para mí.

–Tengo que irme a una reunión –dijo Malvolio, con los dientes apretados–. Hablaremos cuando vuelva.

Luka, sangrando y sin aliento, no dijo nada mientras su padre tomaba las llaves del coche y salía de la casa.

Suspirando, se dirigió a su antiguo dormitorio y se quitó la camisa en el cuarto de baño. Le dolían las costillas y el hombro, que se había golpeado contra la pared, y se había abierto una vieja herida sobre la ceja derecha que probablemente necesitaría puntos, pero no tenía intención de ir al hospital.

Lo arreglaría como pudiera y luego se iría de allí. Tal vez llamaría a Matteo para preguntarle si quería tomar una copa, pero se verían en el aeropuerto.

Estaba harto de Bordo del Cielo.

«Sophie».

Mientras se echaba agua fría en la cara pensó en ella.

Sí, aquello sería terrible para Sophie. Lo sabía y lo apenaba. Tal vez antes de irse debería hablar con Paulo y quizá también con ella.

Apretó la camisa ensangrentada contra la ceja y abrió la maleta para buscar una limpia. Aún no la había deshecho. No llevaba ni una hora en casa cuando empezó la discusión.

Oyó un golpecito en la puerta, pero no hizo caso porque pensó que abriría Angela, pero entonces recordó que estaba en la iglesia...

Llamaron a la puerta de nuevo, con más fuerza, y Luka bajó corriendo por la escalera.

El aliento que acababa de recuperar después de la paliza de su padre escapó de su garganta. Su voz, cuando la encontró, sonaba ronca, aunque solo pronunció una palabra:

—¿Sophie?

Tenía que hacer un esfuerzo para mirarla a los ojos. Mientras discutía con su padre había dicho cosas sobre Sophie...

Cosas viles que ella no merecía y que había dicho en el calor del momento.

Cuando por fin la miró a los ojos, los dos se quedaron en silencio.

Sus ojos eran los mismos, pero más sabios. Sus labios más carnosos que antes y apenas llevaba maquillaje. Su pelo era más espeso, más largo.

Y su cuerpo... la flaca adolescente a la que recordaba había desaparecido y en su lugar había una mujer bellísima.

Una cuyo corazón estaba a punto de romper.

Capítulo 3

LUKA? –Sophie frunció el ceño–. Pensé que no llegabas hasta el miércoles.

–Ha habido un cambio de planes.

–¿Qué ha pasado?

–He decidido volver a casa antes...

–Me refiero a tu cara.

–Ah, solo es un corte –murmuró Luka–. Un viejo corte que se ha abierto.

–Esos hematomas son recientes –Sophie señaló su cara y él esbozó una sonrisa.

–Mi padre –admitió.

Sophie no sabía qué decir, de modo que se aclaró la garganta.

–Acabo de recibir un mensaje de Pino. Tu padre ha dicho que viniera, que era algo importante.

–Imagino por qué –dijo Luka. Sin duda, su padre había pensado que una sola mirada a Sophie y cambiaría de opinión. Pues bien, él no era tan superficial–. Creo que mi padre quería que estuviéramos solos. Ya sabes lo manipulador que puede ser.

Ella no respondió. Todo el mundo pensaba eso de Malvolio, pero nadie se atrevía a decirlo en voz alta.

–Entra –Luka se apartó de la puerta y, tras unos

segundos de vacilación, Sophie aceptó la invitación–. Tenemos que hablar.

Lo siguió a la cocina, con los ojos clavados en su ancha espalda. Se sentía muy pequeña y no en el buen sentido.

Luka Cavaliere era tan sofisticado, tan elegante, todo lo que ella no era.

Y por lo poco que había dicho, sin mirarla a los ojos, Sophie imaginaba que estaba a punto de decirle adiós.

Ella misma tenía dudas sobre el compromiso, pero que le dijese a la cara que no era lo que él quería...

–No sé dónde guarda Angela el botiquín de primeros auxilios –Luka empezó a buscar en los armarios–. Ah, aquí está.

Sophie hizo una mueca mientras él intentaba sacar una venda, sujetando la camisa sobre el ojo.

–Necesitas algo más que una venda. Tienen que darte puntos, es un corte muy feo.

–Iré mañana al hospital si es necesario. En Londres.

–Yo lo haré –Sophie limpió la herida y cortó un pedazo de gasa.

–Estás muy guapa –murmuró él.

Al menos la había visto con un vestido precioso, pensó Sophie. Que pensara que era algo normal para ella salir un domingo con un vestido de seda color coral, pendientes y brillo en los labios...

Y sin ropa interior, recordó mientras se sentaba en el banco de la cocina y cerraba las piernas a toda prisa.

–Ven aquí –murmuró.

—No quiero manchar de sangre ese vestido tan bonito.

Daba igual que lo manchase. Aquella sería la única vez que iba a verla con él.

—No te preocupes.

Luka permaneció en pie mientras Sophie se concentraba en limpiar el corte.

—¿Por qué os habéis peleado?

—No estábamos peleándonos. Él estaba descargando su ira conmigo y yo decidí no responder, pero es la última vez.

—Es horrible que te trate así —murmuró Sophie—. Cómo trata a todo el mundo, en realidad. La madre de Bella está enferma —siguió—. No puede trabajar y ahora tu padre quiere que Bella ocupe su puesto en el bar del hotel. ¿Puedes hablar con él, Luka?

—Antes de hablar sobre Bella tenemos que solucionar otro asunto.

—Antes me gustaría hablar de esto —insistió ella.

No quería verse forzada a un matrimonio, pero tampoco quería que Luka la dejase. Y no era por orgullo. Frente a ella estaba el hombre por el que había llorado sin descanso cuando la dejó por última vez.

Había sido un encandilamiento adolescente, un sueño de niña, una fantasía. Pero volver a verlo, tenerlo tan cerca... le gustaría tanto hacer realidad sus sueños prohibidos.

Sí, pronto su temperamento siciliano se apoderaría de ella, de modo que debía solucionar aquello mientras había una calma relativa.

Relativa, porque sus piernas querían enredarse en su cintura y la lengua que se pasaba en ese momento por los labios estaba preparándose para él sin darse cuenta.

–Bella no quiere trabajar en el bar.

–Hablaré con él –dijo Luka– pero antes quiero hablar contigo. Iba a ver a Paulo...

–Luka –Sophie puso una mano en su cara. Quería que dejase de hablar, quería besarlo, hacer el amor y luego lidiar con el resto.

«Por favor, no lo digas», estaba a punto de suplicar. «Aún no, hasta que por fin te haya besado».

–Luka, sé que esto es difícil, pero...

Luka no quería mantener esa conversación y se preguntó cómo podría explicárselo sin destruir la fe en su padre.

Aunque también era difícil por otras razones.

Sí, Malvolio es un canalla y un manipulador, pero Luka no era tan superficial como para cambiar de opinión solo porque Sophie tuviese un aspecto sensacional. Claro que era difícil estar allí, mirando el nacimiento de unos pechos turgentes y unos ojos que, Luka se dio cuenta, lo conocían de siempre.

Tal vez sus padres habían elegido con más acierto del que pensaba porque el dolor en su entrepierna y el sorprendente placer de hablar con ella había dado al traste, aunque momentáneamente, con sus planes.

Pero tenía que hacerlo.

Tenía que negar la atracción, el deseo que había entre ellos.

Las pupilas de Sophie estaban dilatadas de deseo y sabía que las suyas también lo estarían. ¿Cómo demonios iba a decirle que todo había terminado cuando estaba excitado como nunca, cuando sabía que con un solo gesto esos preciosos muslos se abrirían para él?

Tenía que decirle de inmediato que todo había terminado, antes de dejarse llevar por el beso que los dos deseaban.

—Mi padre se enfadó porque le dije que no volvería a Bordo del Cielo, que voy a vivir en Londres de forma permanente. Le he dicho que no quiero saber nada de esta vida, de su vida, que no voy a permitir que él decida dónde debo vivir, o en qué debo trabajar...

—¿Y yo no tengo nada que decir al respecto? —lo interrumpió Sophie.

Le gustaría abofetearlo. Después de volver a verlo se dio cuenta de que no solo anhelaba libertad, también lo deseaba a él.

Quería el beso que le había prometido entonces. Quería al Luka que había nadado en el río con ella, al que antes de irse de Bordo del Cielo la dejó esperando un beso porque, según él, era demasiado joven.

Sophie terminó de cerrar el corte y lo cubrió con la gasa mientras hablaba:

—Mi padre se llevará un disgusto. Siempre había pensado que viviría aquí y que nuestros hijos crecerían en Bordo del Cielo.

—En el tiempo que he estado fuera he entendido muchas cosas —Luka se pasó la lengua por los labios, recordándose a sí mismo que iba a hacer lo correcto—. Cómo hace las cosas mi padre, cómo mi madre solía mirar hacia otro lado... —Malvolio era un demonio y sabía que Sophie pensaba lo mismo—. Yo no quiero saber nada de todo esto.

–No me gusta que ordene y mande a mi padre –admitió Sophie–. Creo que él... –le costaba decirlo, pero hizo un esfuerzo– creo que algunas de las cosas que hace mi padre también están mal.

–Esa es su decisión y yo estoy tomando la mía –dijo Luka–. No creo que debamos estar atados por una promesa que nuestros padres hicieron por nosotros. Creo que deberíamos salir y enamorarnos de la persona que elijamos.

–¿Has salido con alguien? –preguntó Sophie. Luka no respondió–. Porque, si es así, no me parece justo cuando yo me he guardado para ti. Ni siquiera he besado a otro hombre, aunque me hubiera gustado.

Eso era mentira, nunca había deseado a ningún otro hombre.

Cuando Luka no respondió, Sophie pensó que estaba en lo cierto.

–¿Ella quiere que rompas conmigo?

–No hay ninguna mujer –respondió Luka–. No voy en serio con nadie en particular, pero...

–¿Has estado saliendo por ahí?

–Sí.

–¿Has besado a otra mujer, has hecho el amor con otra mientras estabas comprometido conmigo?

Levantó una mano para abofetearlo y, aunque Luka hubiese aceptado una bofetada porque la merecía, sujetó su brazo.

–Sophie...

–No me hace gracia que lo hayas pasado bien mientras yo me mantenía pura para ti, pero en realidad me siento un poco aliviada...

No había esperado esa reacción, pero Sophie siempre lo sorprendía. Lo hacía reír o tirarse del pelo de pura frustración. Nunca sabía lo que podía esperar de ella.

—Había pensado...

—¿Habías pensado que me pondría a llorar, que te echaría en cara haberme avergonzado? Bueno, imagino que a ojos de todo el pueblo me has avergonzado, pero me da igual lo que piensen. Mañana cumpliré diecinueve años y quiero vivir. Quiero algo más divertido que ser tu esposa.

Luka la miró, perplejo.

—¿Cuándo pensabas decírmelo?

—Después de hacer el amor. Estoy tomando la píldora...

—¿Pensabas que entonces estaría más abierto a sugerencias?

—Se me había ocurrido —Sophie sonrió de nuevo.

—Entonces, ¿no te importa? —Luka frunció el ceño porque esa no era la reacción que había esperado.

—No, claro que no —respondió ella—. Bueno, aparte de una cosa.

Sí, siempre lo sorprendía.

—¿Qué?

—Aún me debes un beso.

—Sophie, no se rompe una relación con un beso.

—¿Por qué no? Quiero que tú me des mi primer beso.

—Sophie...

—Tienes que ser tú —insistió ella, sentándose en el banco de la cocina y levantando las manos para enredarlas en su cuello—. ¿Recuerdas la fiesta, la noche que te fuiste a Londres?

—Claro que me acuerdo.

–¿Entonces querías besarme?

–No –respondió Luka. Entonces, Sophie era una adolescente llorona, pero en ese momento no había duda de que había una mujer frente a él, y una que sabía lo que quería.

–¿Quieres besarme ahora? –preguntó ella.

Al notar la suave presión de su boca, Sophie pensó que no quería casarse con Luka, pero eso no significaba que no lo encontrase atractivo. Y aquel beso compensaba todos los besos que se había perdido.

El beso era exactamente como tenía que ser, mejor de lo que había anticipado. Tan excitante que puso las manos sobre su torso, como había deseado hacer desde que volvió a verlo.

En sus sueños, él abría su boca con la lengua, pero en realidad no tuvo que hacerlo porque había abierto los labios por voluntad propia.

Acarició su torso desnudo adorando lo fuerte que era, lo masculino, con esas tetillas planas y oscuras.

Fue entonces cuando Luka tomó su cara entre las manos. Temía que parase y le rogó con la lengua que no lo hiciera. Deseaba aquello tanto como él.

Luka acarició sus pechos por encima del vestido y cuando sus pezones se levantaron él dejó escapar un gemido que la hizo vibrar. Se acercó un poco más y Sophie abrió las piernas para dejarle paso. Acariciaba sus pechos con una mano mientras deslizaba la otra por sus muslos, pero cuando descubrió su trasero desnudo se apartó un poco.

–¿Siempre vas por ahí sin ropa interior?

–Nunca lo sabrás –Sophie sonrió, pero cuando iba a besarlo él se apartó–. Por favor, Luka...

—Has dicho un beso.

—Los dos queremos más que un beso.

Estaba tan segura que podía hablar por los dos.

—No voy a romper el compromiso y llevarme tu virginidad al mismo tiempo —protestó Luka—. Ya tienes suficientes razones para pensar que soy un canalla.

—Pues entonces no me des más —le advirtió ella—. Lloré durante un mes cuando te fuiste, pero esta vez no voy a llorar. Te has llevado todas mis lágrimas, Luka. Solo quiero una parte de lo que me habías prometido.

—¿Qué parte?

—Esta parte.

Luka cerró los ojos cuando pasó los dedos por su miembro erguido. Ligeramente al principio, pero luego apretando un poco más.

Nunca había sido tímida con él y, al ver que cerraba los ojos, tuvo que disimular un grito de alegría. Siguió acariciándolo mientras se apretaba provocativamente contra el único hombre al que había deseado nunca.

Buscó su oreja y la besó mientras Luka la estrechaba con fuerza entre sus brazos.

—Quiero que tú seas el primero... —anunció—. Tienes que ser tú, Luka. Siempre has sido tú.

Capítulo 4

LA CHICA a la que había apartado de sus rodillas años antes había desaparecido. La adolescente llorona también. En lugar de rogar, en lugar de llorar, Sophie estaba seduciéndolo.

Ella apartó la mano y detuvo el baile de su lengua para quitarse el vestido. Desnuda, se sentó sobre él y bajó la cremallera del pantalón para liberar su miembro.

Era tan hermoso; la piel tan suave y oscura. Juntos miraron cómo lo exploraba hasta que Luka no pudo soportarlo más. Estaba allí, en su entrada, con Sophie guiándolo, la mandíbula tensa mientras empezaba a abrirse paso.

–No, aquí no –dijo Luka. Aunque sus actos desmentían esas palabras porque ya estaba entrando en su estrecho espacio.

–Sí, aquí sí –insistió ella.

Querían besarse, pero sus frentes estaban unidas mientras miraban hacia abajo como desde el borde del paraíso. Bordo del Cielo significaba «el borde del cielo» y ahí era exactamente donde estaban los dos en ese momento.

–Aquí no –insistió Luka, a pesar de sus frenéticos ruegos para que siguiera–. Voy a llevarte a mi cama.

Intentó abrochar el pantalón, pero con sus dedos excitándolo era como intentar meter un muelle en una caja. Por fin se rindió y volvió a besarla mientras la levantaba del banco para ir hacia la escalera, con las piernas de Sophie enredadas en su cintura.

–Aquí –dijo ella cuando llegaron al primer escalón. Y Luka se detuvo para besarla. Estuvo a punto de ceder, pero entonces recordó por qué tenían que ir al dormitorio.

–Llevo preservativos en la maleta.

–Te he dicho que no los necesitamos.

Una vez en el dormitorio, Luka la dejó sobre la cama y se alejó un momento. Y en aquella ocasión Sophie no protestó porque sabía que en un momento volvería a reunirse con ella.

–Te he dicho que tomo la píldora –insistió al ver que se inclinaba para abrir la maleta.

–Es por seguridad.

–Nunca he necesitado protegerme de ti.

Inocente, pensó Luka, pero solo hasta un punto. En otra ocasión nada lo hubiera detenido porque ponerse un preservativo era lo que hacía siempre. Pero con Sophie... quería la desnuda felicidad de estar con ella. Más tarde la regañaría y le advertiría que no confiase en los demás hombres. Pero tenía razón, no necesitaba protegerse de él.

–Sé lo que quiero, Luka.

Él se acercó a la cama y, como una pantera, se tumbó a su lado con una sonrisa que no olvidaría nunca.

–Hablaremos más tarde.

–Pero ahora vas a hacerme el amor –murmuró Sophie.

–¿Estás nerviosa?

–Nunca estoy nerviosa contigo.

Era cierto, con él nunca estaba nerviosa. ¿Por qué iba a estarlo?, se preguntó cuando la boca que la hacía temblar volvió a rozar la suya.

Se besaron durante largo rato y luego él se apartó para besar su cuello y sus pechos, lamiendo la cálida piel, pero evitando los erectos pezones hasta que ella guio su cabeza con las manos. Sophie gemía cuando por fin capturó uno entre los labios y lo chupó profundamente una y otra vez hasta que estaba temblando. ¿Cómo iba a estar nerviosa cuando su cuerpo se encendía con él?

Y, sin embargo, casi le rogó que parase porque había abierto ligeramente la caja de los secretos y estaba ansiosa por ver lo que había después.

Luka se puso de rodillas sobre la cama para mirarla a los ojos.

Tenía los labios hinchados, los pechos húmedos, los pezones erectos y un pequeño chupetón morado que le había hecho él con los labios.

–Luka... –susurró Sophie, encendida, acariciándose íntimamente contra él. Aquel era un momento de pura decadencia, de puro placer.

Se sentía como su instrumento afinado para él mientras miraba hacia abajo para ver cómo desaparecía en su interior.

–Podría hacerte daño –dijo Luka.

–Así tiene que ser.

Riendo, Luka cayó sobre ella. Le gustaba sentir su peso y se sentía como perdida en otro mundo; podía oír el ladrido de un perro a lo lejos y a la luz del atardecer podía ver sus ojos cerrados mientras la besaba. Sus amigas habían necesitado vino, bailes y cortejos; algunas habían exigido promesas de amor antes de aquello.

Lo único que Sophie necesitaba era a Luka; aquello era exactamente como tenía que ser.

Luka estaba indeciso. Quería besar sus pechos otra vez, humedecer cada centímetro de su piel, deseaba sentir el almizcle de su sexo en la lengua, no solo en los dedos, pero estaba tan impaciente por estar dentro de ella como Sophie de sentirse poseída.

Más tarde, se dijo a sí mismo. Habría tiempo para eso más tarde.

Sabía que no volverían a verse y, sin embargo, en ese segundo supo que volvería a tenerla, que aquel no era el final.

Ella levantaba las caderas, impaciente, y notó que se enfadaba cuando se apartó.

—Luka...

—Ahora —dijo él, sin aliento al pronunciar esa simple palabra.

—Sí, ahora —repitió ella.

—Quiero decir que ahora es cuando puedes conseguir lo que quieras de un hombre, no después.

—Recordaré eso en el futuro.

Sophie no entendía el brillo posesivo de sus ojos, pero no tuvo tiempo de pensar porque Luka la hizo suya. Se enterró en ella, tragándose sus sollozos.

Le dolió, pero era mucho mejor de lo que había soñado. La llenaba, la ensanchaba, rasgando su carne virgen y sujetándola mientras su cuerpo luchaba para aclimatarse a él.

Olvidó respirar hasta que Luka enredó un brazo bajo su espalda.

—Luka... —Sophie no sabía lo que quería o qué le

estaba pidiendo, pero el dolor fue olvidado porque con cada embestida la hacía más suya.

–No voy a hacerte daño –le dijo cuando ella sabía que sí iba a hacérselo.

El dolor físico había desaparecido, reemplazado por otro dolor más intenso.

Desearía que su cuerpo no lo amase tanto. Desearía que la tomase más profundamente, más fuerte, más rápido.

Enredó las piernas en su cintura cuando empezó a sentir los primeros espasmos.

¿Cómo voy a dejarte ir?, le habría gustado preguntar.

–Luka... –repitió, asustada ante la intensidad de la sensación.

–Deja que ocurra –dijo él. Y sus rápidas embestidas no le daban más opción que hacer lo que su cuerpo le pedía.

Pero no fue eso lo que la hizo llegar a la cima del precipicio, sino la tensión de sus hombros, de su rostro. Luka había pasado el punto sin retorno y se dejó ir. Nada podía ser mejor que aquello... sus espasmos internos parecían atraerlo, hacerlo suyo.

Sophie sentía que estaba cayendo, pero no suavemente. Cada embestida, cada sollozo, cada suspiro, todo parecía ir a cámara lenta. Quería apretarse contra él para buscar su protección, pero él sujetaba sus brazos. Esperaba que llegase un momento de claridad, pero abrumaba todos sus sentidos besándola con fuerza mientras empujaba una y otra vez, dándoselo todo mientras ella sabía que no tenía más que dar.

La había hecho suya.

Capítulo 5

ASÍ que esto es lo que se siente –murmuró Sophie.

–Normalmente no.

Estaban tumbados en la cama, mirando el sol que se escondía tras el horizonte, la cabeza de Sophie sobre el torso de Luka mientras observaban por la ventana el paso de un crucero por la bahía.

–¿Normalmente no?

–Normalmente siento como un nudo aquí –tomó su mano para ponerla sobre su corazón–. Justo ahí.

–¿Por qué?

–No lo sé –admitió él–. ¿A ti te pasa?

–No, yo no me siento incómoda ni rara –respondió Sophie, intentando imaginar un momento en el que el hombre a su lado no fuese Luka.

Pero no era capaz. Era como si estuviera escrito en su ADN que aquel momento le pertenecía a él y solo a él.

–¿De verdad quieres trabajar en uno de esos barcos? –le preguntó Luka entonces.

–No, en realidad me gustaría ser una pasajera –Sophie sonrió–. Pero, por ahora, trabajar en uno de ellos sería maravilloso.

–¿Y qué diría tu padre?

–¿Qué *dirá* mi padre? –lo corrigió ella porque iba

a pasar, estaba decidida–. No sé cómo va a reaccionar. Imagino que entenderá que quiera irme de aquí después de que tú me hayas dejado –reía, clavando un dedo en sus costillas, pero luego se puso seria–. No sé qué dirá mi padre, pero he tomado una decisión. No quiero quedarme en Bordo del Cielo, Luka. Hay tantas cosas en el pasado...

Eran iguales, pensó él.

–Creo que mi padre está haciendo algo malo –admitió Sophie–. Le quiero, pero necesito alejarme de él. No quiero saber nada de ese tipo de vida.

Durante los últimos años, Luka había empezado a cuestionar cómo funcionaban las cosas en el pueblo. Le habían abierto los ojos en la universidad en cuanto a su padre y desde entonces decidió alejarse.

Sophie había abierto los ojos estando allí, pensó.

O estaba empezando a hacerlo.

–Mi padre no trabaja, está en el bar casi todo el día y la noche. ¿Qué son esas reuniones a las que dice que va? –siguió ella.

–Ven a Londres conmigo –dijo Luka.

–¿Contigo?

–Podrías solicitar un puesto en un crucero. Yo podría ayudarte. Soy socio de un pequeño hotel y podrías trabajar allí hasta que consigas el trabajo de tus sueños.

Sophie se quedó pensativa. No le sorprendía que Luka fuese socio de un hotel. Malvolio se habría encargado de que no le faltase de nada.

–Tengo un apartamento –siguió Luka–. Podrías alojarte conmigo durante un tiempo.

–¿En tu apartamento? –Sophie parpadeó–. No sé si sería buena idea.

–¿Por qué no?

–He aceptado que esto solo va a pasar una vez, pero no quiero estar allí si llevas a otra mujer... –enfadada cuando él soltó una carcajada, saltó de la cama–. Voy a ducharme y luego tengo que ir a la iglesia... –interrumpió la frase al ver en las sábanas la prueba de lo que acababa de ocurrir.

–Yo me encargo –dijo Luka–. Ve a ducharte...

Sophie lo hizo, pensando en lo que él había sugerido y en su enfadada respuesta.

Era verdad, pero tenía que contener sus celos al imaginarlo con otra mujer. Había aceptado romper el compromiso, y en cierto modo estaba contenta y aliviada...

Pero eso había sido antes de hacer el amor.

¿Cómo podía una sola vez ser suficiente?

Luka la había hecho suya, dejándola exhausta y saciada... y al recordarlo se encendió de nuevo. Mientras enjabonaba sus pechos vio el moratón que le había hecho con los labios y notó su sexo hinchado mientras limpiaba los últimos restos de él.

Salió del baño envuelta en una toalla y vio a Luka desnudo, cambiando las sábanas. Era alto y fibroso, los músculos de sus poderosos muslos marcados mientras se inclinaba para extender la sábana. Su miembro se levantó un poco con el movimiento y Sophie deseó volver a la cama con él.

–¿Es la primera vez que haces una cama? –bromeó.

–Es la primera que he hecho en Bordo del Cielo –respondió Luka, preguntándose si lo que él podía ofrecerle sería suficiente. Sophie lo creía rico y en Londres no lo era.

Aún.

–Tengo un pequeño apartamento en Londres...

Se lo explicaría todo más tarde, pensó. Le contaría que estaba decidido a apartarse de su padre porque él era un hombre honrado, pero no iba a hacerlo en ese momento. Aquel día lo importante eran ellos y la posibilidad de un futuro lejos de Bordo del Cielo.

–Lo que has dicho antes de ver a otras mujeres en Londres... yo no te haría eso. E imagino que si vivieras conmigo tú no verías a nadie más.

–No sé dónde quieres llegar.

–Estoy diciendo que no quiero que todo termine entre nosotros. Tal vez no quiera un compromiso o un matrimonio por el momento, pero podemos salir juntos –le explicó Luka–. Una vez en Londres, podremos conocernos alejados de nuestras familias y de todo esto. Podremos hacer las cosas a nuestra manera, sin presiones ni expectativas.

Luka no solo estaba ofreciéndole una forma de salir de Bordo del Cielo, sino de estar con él.

–¿Y podría solicitar un puesto en alguna línea de cruceros si saliéramos juntos?

–Sophie, mañana cumples diecinueve años... pues claro que puedes hacer lo que más te guste –Luka le tiró una sábana–. Pero, por el momento, puedes ayudarme a hacer la cama.

–¿Algo huele mejor que una sábana secada al sol? –bromeó ella mientras lo ayudaba.

–Una cosa –respondió Luka, tirando de ella para besarla–. Tú.

No quería que el beso terminase nunca, pero fue

Luka quien lo interrumpió. El cielo se había vuelto de color naranja y a lo lejos podía oír la campana de la iglesia. No tenía intención de ir, pero sabía que Sophie sí lo haría.

–Has dicho que tenías que ir a la iglesia.

–En un momento.

–Llegarás tarde.

–Siempre llego tarde.

–Cuando estemos en Londres podremos pasar el día entero... –no terminó la frase. La toalla estaba deslizándose y Sophie la dejó caer al suelo.

–Quiero besarte ahí –dijo ella inclinando la cabeza. Y Luka no le recordó que tenía que estar en otro sitio.

Sophie besó su estómago, deslizando los labios hasta la tentadora erección. Él sujetó la base mientras ella lo rozaba con la lengua y luego apartó la mano para dejarla hacer lo que quisiera con él.

Irían juntos a Londres y allí conocerían sus cuerpos centímetro a centímetro. El mundo era suyo.

–¿Así? –susurró Sophie y luego abrió los labios para meterlo en su boca.

–Así –asintió Luka. Él preferiría dar más que recibir, pero la dejó hacer. Agarró su pelo y tiró de él hacia atrás–. Hasta el fondo...

Y ella lo hizo, tomando todo lo que podía mientras acariciaba el glande con la lengua. Le encantaban los pequeños tirones de pelo mientras lo hacía...

–¿Ahora? –susurró, levantando la cabeza–. ¿Ahora es buen momento para conseguir lo que quiera?

–¿Por qué demonios te habré dicho eso? –Luka sonrió–. ¿Qué es lo que quieres?

–¿Bella puede venir también? Solo hasta que encontremos trabajo.

–Sophie... –Luka intentaba encontrar una razón para decirle que no, pero qué demonios, sabía que Bella y Sophie eran amigas desde niñas y tal vez sería más fácil para ella acostumbrarse a vivir en Londres–. Bella también puede venir, pero ahora vuelve a lo tuyo.

Riendo, Sophie apretó sus duras nalgas y lo que ocurrió tras la oscura cortina de su pelo era... una cata privada. Le encantaba su pasión, cómo le decía exactamente lo que quería. Notó que se hinchaba en su garganta y lo acarició con la lengua, más encendida de lo que hubiera creído posible... hasta que Luka no pudo aguantar más y terminó en sus labios y su pelo.

–Esta noche... –Luka la levantó, jadeando–. Esta noche hablaré con tu padre.

Pero la vio tan arrebatada y dispuesta que la empujó sobre el colchón y se puso de rodillas ante ella. Solo aguantaría un minuto y lo sabía. Casi estaba allí, húmeda e hinchada, el clítoris erecto y... que Dios lo ayudase, no quería salir nunca de esa cama.

Sophie lo miraba, sorprendida, anhelando la presión de sus labios para liberarse. Era un momento de pura felicidad, donde el futuro era algo brillante y maravilloso, donde los sueños se hacían realidad... pero entonces un ruido la asustó.

Ruido de pasos por la escalera.

Muchos.

Su primer pensamiento fue que Malvolio había vuelto a casa, pero era demasiado ruido para ser solo una persona. Y entonces escucharon gritos... la policía informando que era una redada.

Tiraron la puerta de una patada y Luka la cubrió con la sábana y se colocó sobre ella cuando unas voces secas le ordenaron que no se moviera.

Sophie cerró los ojos, aterrada, cuando levantaron a Luka del suelo y le esposaron.

—No te muevas —le advirtió él—. Tranquila, no pasará nada.

Les gritó que la dejaran vestirse, pero lo único que le dieron fue una de las camisas de Luka.

—¿No has ido a la iglesia esta tarde? —el sarcasmo de uno de los policías hizo que Sophie se ruborizase mientras intentaba taparse como podía.

—No digas nada —le aconsejó Luka—. ¿Por qué la esposan a ella?

—No sé qué está pasando... —Sophie lo miró y en ese momento lo entendió todo.

Aquello tenía que ver con sus padres.

—No digas nada —insistió Luka—. Voy a llamar a un abogado.

Todo había sido perfecto y, de repente, estaban en medio de una pesadilla. Se llevaron a Sophie sin ceremonias, con todo el pueblo mirando desde el otro lado de la carretera. Era humillante. Lo único bueno, Bella gritándole que iba a buscar algo de ropa para ella.

No hubo tiempo para darle las gracias. Un policía empujó su cabeza para meterla en el coche patrulla.

—*Putana* —escuchó murmullos, algunos incluso en voz alta. La gente con la que había crecido le había dado la espalda en una noche y pronto entendería por qué.

—Sugiero que no acepte el consejo de su novio y nos lo cuente todo —le dijo un policía.

Sophie no dijo nada. Confiaba en que Luka arreglase aquella situación porque sabía que no había hecho nada malo. Apoyó la cara en la ventanilla y levantó una mano para tocar uno de los pendientes de su madre, pero cuando buscó el otro...

Había desaparecido.

–Mi pendiente... –empezó a decir. Tenía que estar en el dormitorio, o tal vez se le había caído en el camino cuando la policía la sacó de la casa.

Miró hacia el suelo del coche, preguntándose si lo habría perdido cuando la metieron a empujones.

–¿Dónde está tu padre? –le preguntaron, pero Sophie se negó a responder.

–Ahí está el padre de Luka –dijo un oficial, y Sophie empezó a respirar con dificultad al ver a Malvolio saliendo del hotel con la policía–. Me pregunto dónde estará Paulo. Vamos a dar una vuelta –se dirigían hacia una calle pequeña, la misma que Sophie había recorrido unas horas antes para comprar el pan, en ese momento llena de ambulancias y coches de bomberos. La panadería estaba en llamas.

–Has estado aquí esta tarde, ¿no? –le preguntó el policía.

–Sí.

–Tu padre fue a visitarlos esta mañana. Por tercera vez.

Aquel, Sophie lo sabía, era el momento de empezar a hablar.

Capítulo 6

SOPHIE Durante.

Sophie se levantó cuando pronunciaron su nombre.

El juicio había tardado seis largos meses en empezar. Ella había sido liberada sin cargos la mañana después de la detención, pero su padre, Luka y Malvolio estaban acusados de varios delitos.

Los últimos seis meses había vivido con Bella y su madre porque, incluso desde prisión, Malvolio seguía controlando Bordo del Cielo y se había quedado con su casa para pagar al abogado de su padre.

Solo se le habían permitido unas cuantas visitas, cortas y vigiladas, pero ella hubiese preferido ver a Luka. Era horrible admitir eso, pero anhelaba verlo aunque solo fuese un momento. Además, ya no podía mirar a su padre a los ojos.

–Oirás muchas cosas durante el juicio –le había advertido Paulo–. Algunas son ciertas, pero la mayoría son mentiras.

Sophie sencillamente no sabía qué creer.

En su casa habían encontrado alhajas y joyas. «Recuerdos de sus víctimas», decía la policía. Sophie sabía que no habían estado en su casa cuando ella vivía allí, pero también sabía que su padre, aunque quizá no un asesino, tampoco era enteramente inocente y eso le dolía en el alma.

–Malvolio me enviaba para advertir a la gente, pero eso no significa que les hiciera daño –intentó explicarle Paulo.

–Pero ibas –replicó Sophie–. Los asustabas con tus advertencias. ¿Por qué obedecías a Malvolio, padre?

–Sophie, por favor...

–No, tú decidiste obedecer sus órdenes y, por favor, no digas que lo hacías por mí. Nunca hemos tenido dinero, nunca hemos tenido nada.

–Pero tienes a Luka.

Sophie soltó una carcajada incrédula.

–No me digas que aceptabas por eso. Habría tenido a Luka con o sin tu ayuda.

Estaba convencida de eso. O casi. En realidad, estaba deseando que terminase el juicio para irse con él a Londres y hacer realidad todos sus sueños.

Pero sabía que tenía que perdonar a su padre y ponerse de su lado porque era su única familia.

–Después del juicio podrás irte de Bordo del Cielo y empezar otra vez.

–No voy a dejar a tu madre.

–¡Mi madre lleva muerta diecisiete años! Padre, me voy a Londres con Luka. Necesito irme de aquí, alejarme de toda la gente que me ha juzgado –Sophie se pasó la lengua por los labios, nerviosa–. Tú también escucharás cosas sobre mí en el juicio. Cosas que no te gustarán. Esa tarde, antes de la redada, Luka y yo... estuvimos juntos.

–Luka y tú estabais comprometidos. No tienes nada

de lo que avergonzarte. Entra en la sala y da tu testimonio con la cabeza bien alta.

Cuando se llevaron a su padre de vuelta a la celda, Sophie preguntó, como hacía siempre, si podía ver a Luka.

Él no tenía a nadie. Su madre había muerto años antes y su padre también estaba en la cárcel. Pero, de nuevo, le dijeron que no estaba autorizado a recibir visitas y, además, descubrió que estaba en una celda de castigo.

—¿Malvolio también? —preguntó—. No, claro que no —respondió a su propia pregunta.

Luka no era un riesgo. Luka no contaminaría el juicio, eso lo haría Malvolio.

—Él da las órdenes incluso aquí —murmuró cuando salía de la cárcel, la víspera del juicio.

El café de Teresa estaba cerrado y la gente del pueblo no le dirigía la palabra. Si no fuese por Bella y su madre no tendría ningún sitio al que ir.

Y si no fuese por Luka, ni siquiera estaría allí, le dijo una vocecita.

Estaba tan furiosa con su padre que sentía la tentación de marcharse y abandonarlo a su suerte después de lo que había hecho.

Pero Luka...

Él era la razón por la que seguía allí.

Sophie se detuvo en la joyería del pueblo para hablar con Giovanni, que estaba colocando una bandeja de joyas en el escaparate.

—¿Sabes algo? —seguía esperando que alguien hubiese encontrado su pendiente y se lo hubiera entregado a él.

Giovanni negó con la cabeza y desapareció en el interior de la tienda. Nadie quería ser visto hablando con ella.

Suspirando, miró las joyas del escaparate. Había un enorme diamante de corte esmeralda sobre una banda de oro rosado y no pudo evitar dejarse llevar por la imaginación. Quería ese anillo en su dedo. O, más bien, quería el compromiso que nunca había tenido lugar.

Volvió a casa de Bella saboreando el aire salado y pensando en Luka solo y encerrado en una solitaria celda.

No tenía a nadie.

Bueno, la tenía a ella, pero no podía hacérselo saber. Solo podía hacer lo que su padre le había pedido e ir al juicio con la cabeza bien alta. No se avergonzaría de lo que había ocurrido en su casa esa tarde.

Solo estaba allí por él.

Sophie intentó ser fuerte.

Aquel día iba a declarar y, aunque temía que examinasen los detalles morbosos de esa tarde, aunque estaba asustada por su padre, lo que la mantenía en pie era que ese día vería a Luka.

Y así fue.

Subió al estrado y, por fin, lo vio. Los ojos de color azul marino se clavaron en los suyos. Estaba más delgado, más fibroso. La cicatriz sobre el ojo debía de haber recibido poca atención médica porque había curado mal e incluso desde el estrado podía ver que estaba hinchada. Sophie notaba la furia que había bajo esa fachada de calma, aunque no iba dirigida a ella, a quien miraba con expresión amable.

Esperó con angustia las preguntas y dejó escapar un suspiro de alivio cuando el juez pasó por encima de los momentos más embarazosos.

–¿Sabía que Teresa estaba disgustada con usted el día que entró en la panadería?

–¿Conmigo?

–Le preguntó a su padre por qué estaba disgustada.

–No, solo lo mencioné de pasada cuando llegué a casa –Sophie tragó saliva, sintiendo que le ardía la cara–. Pensé que tenía algo que ver con mi próximo compromiso, que como Malvolio iba a ser mi suegro...

–Responda a la pregunta.

Sophie frunció el ceño, como hizo en varias ocasiones durante el largo interrogatorio. Malvolio y Luka tenían el mismo abogado, su padre uno diferente, pero ni siquiera él hacía las preguntas pertinentes.

–Los «recuerdos» que la policía dice que encontraron en mi casa... –empezó a decir, refiriéndose a las alhajas y joyas pertenecientes a personas fallecidas. Quería explicar que nunca habían estado en su casa, que ella lo hubiera sabido de ser así.

–Seguiremos con eso más tarde –dijo el abogado de su padre. Pero no lo hizo.

Sophie bajó del estrado después de declarar y pudo quedarse mientras los acusados eran interrogados.

Malvolio subió al estrado como un pecador, pero

las preguntas eran tan suaves y tan preparadas para beneficiarlo que bajó como un santo e incluso se alejó acompañado de los guardias con una arrogante sonrisa.

Se quedó atónita cuando su padre subió al estrado. Parecía débil, desconcertado y su abogado parecía dispuesto a confundirlo, pero cuando iba a levantarse Bella tiró de su brazo.

—Calla o te pedirán que te marches.

—Pero esto no es justo —protestó Sophie.

Nada de aquello era justo.

Sí, admitió su padre, una segunda visita suya significaba que habría problemas si no pagaban.

Una tercera visita era la última advertencia.

—No tenía más remedio que hacer lo que Malvolio me pedía.

Era, Sophie lo sabía, una pobre defensa.

Y entonces llegó el turno de Luka.

Con traje oscuro y corbata, pálido después de tantos meses encerrado, apartó el brazo del policía que lo llevaba al estrado, aún desafiante.

No mentiría para salvar a su padre. No quería saber nada de la vida de su padre y había decidido contar la verdad.

La verdad no podía hacerle daño. O eso pensaba.

Saludó con la cabeza a su amigo Matteo, que había ido todos los días para apoyarlo, y luego miró a Sophie, intentando decirle con los ojos que lo tenía todo controlado.

Pero diez minutos después de empezar su testimonio empezó a ver el juego de su padre.

—¿Su preocupación por las actividades de Paulo

Durante tuvieron algo que ver con su decisión de romper el compromiso con su hija?

Hubo una exclamación en la sala y Sophie tragó saliva mientras Bella apretaba su mano.

—Sophie y yo habíamos decidido seguir viéndonos —respondió Luka con voz serena.

—Volveremos a eso, pero antes debe responder a la pregunta. ¿Le preocupaban las actividades de Paulo Durante?

—Nunca había pensado mucho en las actividades del señor Durante —respondió Luka, aunque su tono no era tan sereno en ese momento.

—¿Sophie Durante le comentó que le preocupaban las actividades de su padre?

Luka palideció aún más. Había jurado decir la verdad, pero no podía dejar que las palabras de Sophie fuesen la razón por la que encerrasen a su padre.

—No, no lo hizo —por ella, Luka mintió bajo juramento.

—¿De qué hablaron aquel día?

—No lo recuerdo.

—¿Porque estaban muy ocupados en el dormitorio? —su abogado estaba trabajando para Malvolio, Luka lo entendió de inmediato. Estaba intentando exculpar a su padre y culpar a Paulo—. Estoy confundido —siguió el abogado—. La tarde en cuestión usted le dijo a su padre que pensaba romper con Sophie Durante, ¿no es así?

—Sí —respondió Luka—. Pero luego...

—El señor Cavaliere estaba disgustado —lo interrumpió el abogado—. De hecho, se pelearon cuando usted habló mal de la mujer que él había elegido para usted. Le dijo que no quería casarse con una vulgar campesina elegida por él, ¿no es así?

Sophie cerró los ojos cuando Luka se vio forzado a admitir que así era.

—Estaba intentando separarme de mi padre y... —el abogado no le dejó terminar.

—Le dijo a su padre que prefería mujeres más sofisticadas. ¿Ahora entiende la razón para mi desconcierto? Sophie Durante fue a su casa...

—Mi padre la hizo llamar para poder retirar los «recuerdos» de la casa de Paulo —lo interrumpió Luka.

Durante esos seis meses de encierro, dos de ellos en solitario, había tenido mucho tiempo para pensar. Malvolio había recibido el soplo sobre la redada y quería retirar los «recuerdos» de su casa y la de Paulo.

Pero nadie quería escuchar la verdad.

—Sophie Durante supo que estaba a punto de renegar de su promesa de casarse con ella y fue a su casa el domingo por la tarde para disuadirlo. Terminaron en la cama... o más bien manteniendo una relación sexual en la cocina.

—No.

—¿Está diciendo que no pasó nada en la cocina?

—Como he dicho, mi padre y yo tuvimos una pelea. Sophie estaba limpiándome una herida sobre el ojo...

—Ah, ya veo, sangraba tan profusamente que ella no tuvo más remedio que quitarse la ropa para cortar la hemorragia.

Sophie sintió que le ardía la cara de rabia, humillada por las risotadas de la gente.

—Mi padre había llamado a Sophie antes de que yo

le dijera que no quería comprometerme. Quería que saliera de su casa para poder llevarse...

–¿La señorita Durante temía que su padre formase parte de alguna actividad delictiva? ¿Le contó que quería alejarse de él?

Luka sintió un sudor frío corriendo por su nuca. El abogado estaba utilizándolo para desacreditar a Paulo y, si respondía que sí, podría enviarlo a la cárcel para siempre.

–No.

–Le recuerdo que está bajo juramento –dijo el abogado.

–No me dijo eso –Luka decidió que las cosas que Sophie le había contado en la cama no tenían por qué aparecer en el juicio.

–Pero usted le dijo a su padre que no pensaba seguir adelante con el compromiso.

–Sí.

–Y le dijo lo mismo a Sophie Durante, ¿sí o no?

–Sí.

–Señor Cavaliere –el abogado era un asesino sonriente–. ¿Cómo espera que creamos que no hubo conversación...?

–Estábamos haciendo otras cosas.

–¿Después de romper con ella?

–Sí.

–¿No hablaron sobre su padre?

–En realidad, hablamos muy poco.

–No tiene sentido.

El abogado estaba a punto de lanzarse de nuevo, pero Luka se volvió hacia el juez.

–Creo que la señorita Durante intentó seducirme

para que cambiase de opinión y yo acepté lo que me ofrecía –miró hacia el jurado y luego de nuevo al juez–. ¿Se me juzga por mi libido?

Las risas en la sala dieron por finalizado su testimonio, pero cuando Luka bajó del estrado Sophie no lo miró.

Luka sabía que podría haber salvado a su padre de ser condenado por las palabras de su hija.

Pero eso podría haberlos matado a los dos.

Capítulo 7

DÍAS después, Sophie no podía mirar a Luka mientras los acusados se levantaban para escuchar el veredicto.

–No lo dijo para hacerte daño –Bella le había dicho eso muchas veces–. El abogado no le dejó otra opción.

La gente del pueblo reía y cuchicheaba a su paso, pero ese día no había risitas en la sala. Todos sabían que podrían volver a las garras de Malvolio aquel día.

–Luka Romano Cavaliere... inocente.

A pesar de su ira, Sophie dejó escapar un suspiro de alivio mientras levantaba los ojos hacia él. No esperaba que estuviese mirándola, pero así era. Durante un segundo, mientras se miraban el uno al otro, el resto del mundo dejó de importar.

Él hizo un gesto con la cabeza, como disculpándose, como diciendo que se lo explicaría todo en cuanto pudiera estar con ella.

–Ahora llega el veredicto de Malvolio –susurró Bella.

–Malvolio Cavaliere... inocente.

–¡No! –susurró Bella. Sophie apretó la mano de su amiga cuando el capo sonrió.

Malvolio había deseado a Bella durante mucho tiempo...

Aterrados, y decididos a parecer leales a Malvolio, los espectadores empezaron a aplaudir mientras Sophie bajaba la cabeza, intentando contener las lágrimas.

Sabía lo que iba a pasar.

Su padre estaba tan frágil que tuvieron que ayudarlo a levantarse.

—Paolo Durante, culpable.

Su padre sería llevado a Roma para cumplir la sentencia. Moriría en prisión, Sophie lo sabía.

—Iré a verte —le dijo.

Hubo gritos en la calle cuando Malvolio salió del Juzgado y Sophie corrió a casa de Bella para hacer las maletas.

—Me voy a Roma para estar cerca de mi padre y tú deberías marcharte también —le dijo a su amiga.

—No puedo dejar a mi madre —respondió Bella.

—Ella lo entenderá...

—No puedo, está enferma.

Cuando llamaron a la puerta, Bella fue a abrir mientras Sophie seguía haciendo las maletas.

—No —le dijo cuando volvió a la habitación—. No quiero verlo.

—No era Luka, era Pino con un mensaje para mí. Esta noche va a haber una gran fiesta en el hotel y yo tengo que trabajar en la barra.

—No lo hagas. Ven conmigo a Roma.

—No puedo. Sé que tú tienes que irte y no solo para cuidar de Paulo... ahora también tú estás en peligro. Todo el mundo sabe que Malvolio es culpable, pero no es eso lo que van a decirte –Bella empezó a llorar–. No quiero que mi primer hombre sea Malvolio...

Sophie abrazó a su amiga.

–Ven conmigo.

–Cuando mi madre muera, y no tardará mucho, iré a Roma para estar contigo, pero ahora no puedo. Necesito estar a su lado como tú tienes que estar al lado de tu padre.

De nuevo llamaron a la puerta y en aquella ocasión el visitante era Luka.

–No tengo nada que decirle.

–Dice que no piensa irse hasta que haya hablado contigo.

No se iría, Sophie lo sabía.

La vergüenza y el dolor por lo que había dicho en el juicio seguían ahogándola, pero tenía que hablar con él.

Salió del pequeño dormitorio y vio a Luka en el pasillo.

–Enhorabuena. Tu padre y tú sois libres mientras el mío estará en la cárcel para siempre. ¿Dónde está la justicia?

–No hay justicia –admitió él–. ¿Podemos ir a dar un paseo?

–No, dime lo que hayas venido a decir.

–Aquí no –Luka miró a Bella.

–Confío en ella –dijo Sophie–. Después de lo que dijiste de mí, confío en ella mucho más que en ti.

–Tú sabes por qué dije lo que dije. Ven, vamos a dar un paseo.

En su fuero interno Sophie lo sabía y, por eso, aceptó sin discutir.

Salieron de la casa y pasaron frente al hotel Brezza Oceana en silencio. Los coches empezaban a llegar, había flores en el vestíbulo. Evidentemente, estaban preparando una gran fiesta.

Bella estaría trabajando allí esa noche y todas las noches que Malvolio quisiera.

Le dolía tanto el corazón en ese momento.

−¿Vas a ir a la fiesta? −le preguntó por fin, rompiendo el silencio.

−No −respondió Luka−. No quiero saber nada de mi padre.

Poco después llegaron al estrecho camino que llevaba a la playa en la que solía intercambiar confidencias con Bella.

−Me iré a Londres mañana y quiero que Bella y tú vengáis conmigo. Matteo también, aunque no lo sabe nadie.

−Bella no puede dejar a su madre.

−Tiene que hacerlo −insistió Luka.

−No puede. Su madre está enferma y Bella tiene que trabajar para pagar el alquiler. Tenían una casa hasta que tu padre se la quitó para cubrir los gastos médicos.

Sophie parecía dar a entender que él era en cierto modo responsable por los actos de su padre y eso lo enfureció.

Era extraño que un sitio pudiera ser tan hermoso y tan sórdido al mismo tiempo, pensó, mirando la playa.

−¿Quieres ir conmigo a Londres o no?

–No, tengo que estar con mi padre. Me voy a Roma.

–Si vienes a Londres conmigo te daré dinero para que vayas a visitar a tu padre.

–No quiero tu dinero. Eres tan arrogante como tu padre –replicó ella–. Y deja que te diga una cosa: prefiero trabajar como *putana* en el bar, con Bella, antes que ir a Londres contigo. ¿Sabes la vergüenza que pasé en el juicio oyéndote decir lo que dijiste?

–Sophie –Luka la agarró del brazo–. Tú sabes por qué dije lo que dije.

–Vete a Londres con tus fiestas y tus modelos. Aprovéchate de todo lo que el dinero sucio de tu padre te ha conseguido.

–Él no me ha dado nada.

–Por favor... –Sophie hizo un gesto de desdén–. Márchate, me irá mejor sin ti que contigo.

–¿Estás segura?

–Más que segura.

–Menuda bienvenida –se quejó Luka, sacudiendo la cabeza–. Llevó seis meses en prisión, dos de ellos completamente solo, y pensar en verte era lo único que me mantenía cuerdo.

Había tenido mucho tiempo para pensar y lo único que lo hacía seguir adelante era ella y el recuerdo de esa tarde... las sábanas que olían a sol y el futuro que se habían atrevido a vislumbrar. Había salido del Juzgado para ir directamente a la joyería y su primera compra era lo que más deseaba.

Un futuro con la persona que quería a su lado.

–¿Qué le dijiste a tu padre exactamente? –le preguntó Sophie–. Quiero saberlo.

Pero en lugar de mirar el futuro, Sophie quería examinar el pasado.

–Acaban de declararme inocente. Jamás pensé que saldría de la cárcel para ser juzgado por ti. Mentí bajo juramento por ti...

–Me dan igual tus mentiras –los ojos de Sophie brillaban de ira–. Me importa lo que era verdad. Vete a Londres, Luka, vete con tus mujeres sofisticadas, no necesitas llevarte a una vulgar campesina...

Era esa parte lo que le había roto el corazón, lo que hacía que quisiera esconderse para siempre. Nunca se había sentido suficiente para Luka y saber lo que pensaba de ella había sido más bochornoso que pasearse medio desnuda por todo el pueblo.

–No estabas mintiendo bajo juramento cuando dijiste eso de mí.

–Estaba enfadado con mi padre. Lo que dije está mal y lo reconozco. Me di cuenta en el momento que abrí la puerta y te vi al otro lado, tan preciosa...

Sin darse cuenta, había vuelto a hacerle daño. La Sophie que había visto ese día iba vestida con su mejor ropa, pero él no podía saberlo. Y sus palabras reforzaban el miedo de que la auténtica Sophie no fuera suficiente para él.

Tenía que salir a flote de entre las ruinas para encontrar su amor propio.

–Nunca te lo perdonaré –le espetó–. Nunca olvidaré la vergüenza de que mi primer amante me llamase «vulgar campesina» delante de todo el mundo.

–Bueno, parece que estaba en lo cierto –replicó Luka. Era un golpe bajo, pero estaba herido–. Te portas como una verdulera. ¿De verdad crees que quiero discutir ahora, la noche que he salido de la cárcel? Quiero champán, Sophie. Quiero risas y una mujer hermosa.

—¿Y?

—No hay nada más que decir —anunció Luka antes de darse la vuelta.

Capítulo 8

NO SENTÍA nada.

O más bien, pensó Luka mientras el coche lo llevaba del aeropuerto a Bordo del Cielo, sus sentimientos no eran los que debería experimentar en el funeral de su padre.

Sí, sentía pena, pero no por Malvolio.

Habían pasado cinco años desde la última vez que estuvo allí.

Al menos físicamente. Sus sueños lo llevaban a menudo a aquel sitio, más de lo que querría admitir.

Luka miró el brillante Mediterráneo, la iglesia, las casas, el río; los paisajes que estaban grabados en su corazón. Recuerdos de su infancia y adolescencia, de veranos y vacaciones navideñas cuando en su vida estaba la promesa de un futuro con Sophie.

Pero era una promesa de la que él había renegado, se recordó a sí mismo.

Sin embargo, aquel día, el día que iban a enterrar a su padre, solo podía pensar en Sophie y en el tiempo que habían compartido.

Ella seguía ocupando un sitio en su corazón.

En sus sueños, se habían ido a Londres en cuanto salió de la ducha, antes de la redada, antes de que todo se derrumbase.

Al entrar en la iglesia solo pudo esbozar una triste sonrisa porque estaba prácticamente vacía. Desafiantes solo tras la muerte de Malvolio, los vecinos no habían acudido al funeral.

Solo estaba Angela, la criada de su padre, y Luka la saludó con un gesto antes de dirigirse al primer banco. Pero giró la cabeza al escuchar el ruido de la puerta porque aún tenía esperanzas.

Falsas esperanzas, pensó al ver a Pino, el chico que solía hacer de mensajero. Luka lo saludó, sin dejar de pensar en Sophie.

Debería haber estado allí. Si le importase, habría estado a su lado aquel día.

El entierro fue una triste broma.

Malvolio había pagado por un funeral de lujo, pero nadie vio el enorme ataúd de roble con remaches dorados porque todos habían decidido quedarse en casa.

Pino se marchó y, después de darle las gracias al sacerdote, Luka salió del cementerio con Angela.

–He preparado comida para mucha gente –dijo la mujer–. Parece que no voy a pasar hambre en unos días.

Luka esbozó una sonrisa.

–Con todo su dinero y su poder, al final no tenía nada –murmuró–. Aunque eso ya da igual.

–Pensé que Matteo vendría. Me han dicho que os va muy bien.

–Está en Oriente Medio por un asunto de negocios. Quería venir, pero yo prefería estar solo.

Aunque no dejaba de mirar hacia el final de la calle, esperando que ella apareciese.

Debería marcharse y lo sabía. Sus abogados se encargarían de todo. Su padre era el propietario de la casa de Paulo y también de la de Bella... y eso solo era una minucia.

El pueblo entero era de su padre, que en tiempos de debilidad o enfermedad se había aprovechado con la promesa de ocuparse de todo.

Era lógico que la iglesia estuviera vacía. Sin duda, en cuanto se fuera del pueblo habría una fiesta para celebrar el final de la dictadura de Malvolio Cavaliere.

Y pronto tendrían razones para celebrar porque él había dado instrucciones a los abogados. No quería nada de la herencia de su padre y todas las propiedades que había adquirido por medios perversos serían devueltas a sus propietarios o sus descendientes. Pero solo lo sabrían cuando él se hubiera ido de Bordo del Cielo.

–¿Cuándo tengo que irme de la casa? –preguntó Angela.

–No tienes que irte –respondió Luka–. La casa pronto estará a tu nombre.

–¡Luka! –la mujer negó con la cabeza–. Bordo del Cielo es ahora un lugar de vacaciones y las propiedades son muy caras.

–Es tu casa –insistió él–. Con un poco de suerte, ahora será un sitio más feliz. ¿Puedo pedirte que no digas nada durante un tiempo?

Angela asintió, con lágrimas en los ojos.

No había estado en la casa desde la redada policial, y cuando entró en la cocina la recordó atendiendo su herida...

–Voy a echar un último vistazo –murmuró mientras se dirigía a la escalera intentando no recordar los frenéticos besos.

Cuando entró en el dormitorio fue como entrar en un túnel del tiempo.

Angela debía de haberlo limpiado, pero estaba como lo habían dejado. Luka cerró los ojos, recordando esa tarde, antes de que todo se derrumbase.

Pensó en los planes que habían hecho, en sus esperanzas de futuro. Con la sabiduría que daban los años y después de tantas relaciones cortas y sin importancia, sabía que lo que nació aquel día entre ellos había sido un incipiente amor.

Tenía que serlo porque nunca había encontrado a una mujer con la que sintiera lo mismo. Lo que compartían, el futuro que habían imaginado... una posibilidad de futuro que les había sido robada ese mismo día.

Abrió un cajón de la mesilla, esperando no encontrar nada, o tal vez un viejo cuaderno de notas. Solía esconderlos allí porque nunca eran lo bastante buenas para su padre. Pero lo que encontró hizo que se sentase en la cama, con la cabeza entre las manos.

Un pendiente, un sencillo arete de oro con un pequeño diamante. Era lo único tangible que tenía de aquel día y lo examinó cuidadosamente mientras los recuerdos se agolpaban. Recordaba cómo brillaba la diminuta piedra, llamando su atención, no hacia el pendiente, sino hacia sus ojos.

Debería haber estado allí aquel día, a su lado. Si le importase habría hecho el esfuerzo, ¿no?

–¿La has buscado alguna vez? –le preguntó Angela más tarde, mientras tomaban un café.

–¿A quién?

–A la mujer con la que estuviste prometido la mitad de tu vida –respondió Angela, irónica–. La mujer que salió de esta casa vestida solo con una camisa tuya y con todo el pueblo mirando. La mujer a la que avergonzaste en el tribunal. No creo que tenga que decirte su nombre.

–En el juicio hice lo que tenía que hacer.

–Lo sé.

–Pero Sophie no.

–Era muy joven –comentó Angela y Luka asintió con la cabeza.

–Estaba más disgustada por lo de «campesina»... –Luka apretó los labios–. Y para empeorar las cosas volví a decirlo en la playa la noche que salí de prisión.

–¡A Sophie! –Angela sacudió la cabeza–. Se parece tanto a su madre. Rosa podía despellejarte con los ojos... recuerdo el día que apareció aquí, gritándole a tu padre que dejase en paz a su familia...

No terminó la frase. Aunque Malvolio estuviese muerto, había algunas cosas de las que no se hablaba.

Pero Luka recordaba ese día. Recordaba a Rosa gritando desde el pasillo. Entonces él debía de tener ocho o nueve años...

–También tú eras más joven cuando dijiste esas cosas y acababas de salir de prisión –la voz de Angela interrumpió sus pensamientos.

–Ya.

–Entonces, ¿la has buscado?

–Hace un par de años me senté en el coche frente a las puertas de la cárcel día y noche durante un mes –admitió Luka–. Y luego descubrí que no estaba allí, sino en un hospital.

–¿Nunca fuiste a visitarlo?

–No podía enfrentarme con él. Le condenaron cuando deberían haber condenado a mi padre... Cuando descubrí que le habían sentenciado a cuarenta y tres años... –Luka apretó los labios, angustiado.

–Pero tampoco era enteramente inocente.

–No sé qué hacía mi padre para someterlo y supongo que podría haberse marchado del pueblo, pero no merecía cuarenta y tres años de cárcel y ver a mi padre libre.

–¿No has visto a Sophie desde que se fue a Roma?

–No. Es como si se hubiera esfumado...

–Imagino que visitará a su padre.

Luka asintió.

–Tal vez yo debería ir a visitarlo.

Era mayor, más sensato. Podía enfrentarse con Paulo. Tal vez podía visitarlo y preguntar por su hija.

Sophie y él merecían una segunda oportunidad porque los años no habían empañado su recuerdo. Y necesitaba verla.

Aunque seguía enfadado por lo que le había dicho. Él nunca la habría comparado con su padre.

Paulo no era ningún inocente y sabía muy bien qué significaban sus «visitas», pero él nunca le hubiese echado eso en cara a Sophie.

Ella no era como su padre, pero sí tan explosiva como Rosa.

–Iré a ver a Paulo y haré las paces con él. Además, tengo un pendiente que he de devolver –Luka sonrió.

No había esperado sonreír aquel día, pero así fue. Odiaba estar de vuelta en Bordo del Cielo, pero ese viaje había aclarado sus ideas.

Sophie y él merecían otra oportunidad.

–Puede que se haya casado –dijo Angela.

–Entonces será mejor saberlo.

Era no saber nada lo que estaba matándolo.

Le dolía demasiado estar allí. Quería un futuro, quería saber si aún había alguna oportunidad para ellos, de modo que se levantó.

–Me marcho.

–¿No quieres revisar sus cosas antes?

–Quédate con lo que quieras y líbrate del resto, yo no quiero nada.

–¿Y las joyas? ¿No quieres eso al menos?

–¡No! –Luka negó con la cabeza.

Estaba a punto de decirle que las vendiese, pero vaciló. Las joyas no habían sido adquiridas por medios legales y no quería que Angela tuviese un problema con la justicia por vender joyas robadas.

–Pasaré por Giovanni's de camino al aeropuerto. Imagino que él podrá fundirlas o algo.

Fue al dormitorio de su padre, aunque tampoco allí había nada que quisiera. Abrió un joyero con gesto de disgusto y, de repente, su corazón se detuvo durante una décima de segundo para latir con violencia un momento después.

Le temblaban las manos mientras sacaba una sencilla cruz de oro con su cadena.

Sí, recordaba a Rosa. Y esa cadena.

¿Paulo lo sabría? ¿Lo sabría Angela?

Se sintió enfermo. Recordaba a Rosa gritando por el pasillo, diciéndole a su padre que para quedarse con su casa tendría que pasar por encima de su cadáver.

¿El siguiente recuerdo?

Su funeral. Paulo, sujetando a una sonriente Sophie que, a los dos años, no entendía lo sombrío que era aquel momento.

Recordaba a su padre leyendo un epitafio, diciéndole a los congregados en la iglesia que apoyaría a su amigo Paulo y a la pequeña Sophie.

¿Aun siendo el responsable de la muerte de Rosa?

¿Era por eso por lo que Paulo lo obedecía sin rechistar? ¿Habría hecho cualquier cosa para evitar que Sophie sufriera la misma suerte que su mujer?

Pobre hombre.

Luka había pensado que era un ser débil, pero de repente entendía sus miedos. Había hecho lo que tenía que hacer para proteger a su hija y Luka decidió en ese momento ayudarlo a salir de la cárcel.

Pondría a sus abogados a trabajar ese mismo día, se juró a sí mismo. Alquilaría un apartamento en Roma y trabajaría durante el tiempo que hiciese falta para conseguirlo, pero no se pondría en contacto con Sophie. Ya no podría haber una segunda oportunidad para ellos.

La conocía lo suficiente como para saber que no perdonaría que hubiera sido su padre quien mató a su madre.

Nunca lo perdonaría.

La esperanza de una reconciliación con Sophie murió mientras guardaba la cadena en el bolsillo.

Lo único que podía hacer por ella era sacar a su padre de la cárcel.

Capítulo 9

HE VISTO a Luka.

Sophie sabía que algún día podría escuchar esas palabras, pero, cuando Bella las pronunció, por un momento no supo cómo reaccionar y siguió haciendo la cama.

Aparte de compartir un pequeño apartamento en Roma, las dos trabajaban como camareras en el hotel Fiscella, un hotel de lujo en el centro de la ciudad.

–Lo he visto en el ascensor cuando iba a pedir nuestra lista de habitaciones.

–No estará en nuestra lista, ¿verdad? –exclamó Sophie, horrorizada. Pero afortunadamente Bella negó con la cabeza.

–Por su aspecto, seguro que está en alguna de las suites de la última planta –comentó Bella.

El hotel era muy lujoso, pero las plantas superiores estaban reservadas para los ricos y famosos.

Habían pasado cinco años desde la última vez que se vieron. Cinco años desde aquel último paseo por la playa.

Sabía que Malvolio había muerto unos meses antes y que Luka había comprado un apartamento en Roma y vivía entre esta ciudad y Londres.

A veces temía encontrárselo por la calle y que la

viera con su uniforme de camarera cuando había jurado que estaría mejor sin él. Saber que estaba en el hotel era demasiado.

–¿Por qué está aquí si tiene un apartamento?

–No lo sé –respondió Bella–. Pero desde luego era él.

–¿Te ha reconocido?

–No, no. Además, me he colocado detrás del botones, por si acaso.

–No quiero que me vea así –dijo Sophie, asustada–. No quiero que sepa que sigo siendo camarera. ¿Y si nos piden que llevemos el almuerzo a su suite?

–No tienes por qué sentirte avergonzada.

–No quiero darle la satisfacción de ver lo poco que he mejorado.

–Le he oído decir que se va a Londres esta misma tarde.

–Ah, menos mal. Pero bueno... da igual, ni siquiera debería pensar en él.

Pero no podía dejar de hacerlo.

Cada noche, cuando caía exhausta en la cama, él estaba allí, esperándola en sus sueños. Y cada mañana despertaba enfadada con su subconsciente por lo rápido que perdonaba a Luka.

Terminaron de hacer la cama en silencio y Bella entró en el cuarto de baño mientras Sophie limpiaba el polvo de la suite.

No quería hacer preguntas, quería seguir adelante con sus tareas como si Bella no acabase de soltar una bomba, pero por supuesto eso no era posible.

–¿Con quién estaba hablando? –le preguntó cuando salió del baño.

—Con una mujer.

—¿Era guapa?

—No me fijé —respondió Bella.

—Dime la verdad.

—Sí, era muy guapa. Una tal Claudia.

—¿Y cómo está Luka?

—Bien. Bueno, la última vez que lo vi acababa de salir de la cárcel, así que está mejor. Lleva el pelo más largo y sigue teniendo esa cicatriz sobre el ojo.

—¿Parecía feliz? —los ojos de Sophie se llenaron de lágrimas. Era ridículo que el hombre al que odiaba, el hombre que había hecho tanto daño a su familia, pudiese emocionarla tanto. O sentir celos sabiendo que Luka vivía a lo grande mientras ella trabajaba como camarera en un hotel y apenas llegaba a fin de mes.

—Luka nunca ha parecido muy feliz —respondió Bella—. Eso, al menos, no ha cambiado.

Sophie se quedó en silencio. Tal vez de cara a los demás Luka nunca había parecido feliz, pero con ella reía y sonreía.

Solo ella había visto esa otra cara de Luka Cavaliere.

Saber que estaba en el hotel la tuvo angustiada todo el día y fue un alivio salir del trabajo. Lo único que quería era irse a dormir, pero tomó el autobús para visitar a su padre. Una vez allí, se puso el anillo que había sido de su madre y firmó el libro de visitas después de ser registrada.

—¡Sophie! —el rostro de Paulo se iluminó al verla—. No tienes que venir a verme todos los días.

—Quiero hacerlo.

–¿Cómo está Luka? –preguntó Paulo.

La salud mental de su padre también se había deteriorado después del juicio, y cuando llegó a Roma era una sombra de sí mismo.

Sophie, que solo quería darle un poco de paz, le había mentido durante esos años diciendo que estaba con Luka.

–Muy ocupado en el trabajo, pero te envía saludos y dice que intentará venir a verte en cuanto pueda.

–¿Y Bella?

Eran las mismas preguntas que le hacía todos los días.

–Sigue trabajando en el hotel, ya sabes.

Sophie sacó una cestita de frambuesas que llevaba en el bolso. Gastaba parte de su salario en cosas que le gustaban, aunque no podía permitírselo.

–Esto es demasiado caro –se quejó Paulo.

–Luka puede permitírselo. Es un buen hombre.

–Si es un buen hombre, ¿por qué no se ha casado contigo?

–Ya te lo he dicho, estamos esperando el día que salgas de aquí...

Eso no iba a pasar. Le habían diagnosticado una enfermedad terminal y no le quedaba mucho tiempo de vida, tal vez unas semanas. Y, sin embargo, estaba sentenciado a cuarenta y tres años de cárcel.

–Quiero verte casada en la iglesia en la que me casé con tu madre.

–Ya lo sé. Y algún día será así.

–Ojalá. Me han dicho que las cosas están mejorando.

–Claro que hay esperanza –Sophie apretó su mano.

–El próximo miércoles sabremos si voy a salir.

–La directora quiere hablar contigo –le dijo una enfermera.

–Ah, gracias. Volveré enseguida.

La directora la recibió en su despacho y Sophie pensó que iban a hablar de la precaria salud de su padre, como de costumbre.

–Está más confuso que nunca. Ahora cree que saldrá el miércoles.

–Podría ser –dijo la mujer y, por un momento, Sophie sintió que el suelo se abría bajo sus pies–. La vista se ha adelantado. Hemos hecho todo lo posible para que así fuera.

–Pero no entiendo... yo ni siquiera sabía que hubiera una vista.

–Esperamos que lo dejen salir por sus problemas de salud. No es una amenaza para nadie en su estado –la mujer se encogió de hombros–. Ahora depende del juez decidir, pero el abogado que trabaja en su caso es muy bueno.

–Pero yo no sabía que hubiese un abogado trabajando en su caso.

–Cuando la condición de los pacientes es terminal, intentamos que se revisen sus casos.

–¿Por qué nadie me había dicho nada?

–Todo ha ocurrido rápidamente. No quiero que te hagas ilusiones, pero tal vez en un par de días puedas llevarte a tu padre a casa.

Sophie no sabía qué decir. Era una noticia maravillosa, pero aterradora también. Había inventado una vida de fantasía en la que vivía con Luka en su precioso apartamento, no en el diminuto estudio que compartía con Bella.

La única verdad que le había contado era que trabajaba en el hotel Fiscella. ¿Cómo iba a decirle a su padre moribundo que todo era mentira? ¿Cómo iba a decirle que no tenía nada y, aparte de su amiga Bella, a nadie?

—Te he llamado para que empieces a hacer planes —dijo la directora.

Una hora después, Sophie bajó del autobús y corrió hacia el estudio.

—¿Qué? —exclamó Bella cuando entró como una tromba.

—Puede que mi padre salga de la cárcel...

—¡Pero eso es maravilloso!

—Lo sé, pero no puedo traerlo aquí. Le he contado que estoy comprometida con Luka, que vivimos en un precioso apartamento...

—No puedes contarle la verdad. Tu padre merece morir pensando que todo te va bien, que eres feliz —los ojos de Bella se llenaron de lágrimas—. Mi madre no tuvo esa suerte. Creo que la noche que Malvolio salió de la cárcel la llevó a la tumba. Y eso no va a pasarle a tu padre.

—¿Y de dónde voy a sacar un lujoso apartamento? Mi padre está confuso, pero no es tonto.

—Tienes que ir a ver a Luka y pedirle que te ayude. Después de humillarte en el juicio hará lo que le pidas.

—¿Tú crees? —Sophie sacudió la cabeza—. No quiero que me vea así.

–Yo puedo convertirte en una mujer elegante y Luka tendrá que tragarse sus palabras.

Sophie lo pensó un momento.

–Luka podría hacerlo. Después de todo, es un Cavaliere. Ellos saben mentir mejor que nadie.

Capítulo 10

SOPHIE intentaba disimular su nerviosismo frente al largo mostrador de recepción. Estaba decidida a hacerlo bien y quiso practicar su sofisticada fachada con la recepcionista.

–¿Puede indicarme dónde está la oficina del señor Cavaliere?

–¿Está esperándola, señorita...?

–No, no me espera. Si pudiese decirme en qué planta está su despacho...

–Lo siento, pero el señor Cavaliere no recibe a nadie sin cita previa –hubo un ligero «algo» en el tono de la recepcionista al pronunciar el apellido. Sus palabras estaban teñidas de afecto y Sophie creía saber la razón.

–Le aseguro que hará una excepción conmigo.

–No hay excepciones –la joven sonrió y Sophie miró el nombre en la chapita de su uniforme.

Amber.

–Perdone, pero tengo que contestar –dijo Amber cuando sonó el teléfono.

Cuando cortó la comunicación unos minutos después, parpadeó, sorprendida, al ver que Sophie seguía allí.

–¿Puedo ayudarla en algo?

–Sí puedes, Amber. Por favor, dile al señor Cavaliere que su prometida está aquí y desea verlo.

–¿Su prometida?

Sophie vio que los fríos ojos azules buscaban el dedo anular.

–Eso es. Si no te importa avisarle...

–¿Y su nombre es?

Sophie no respondió a la pregunta. Luka sabría quién era e imaginó su expresión cuando recibiese la llamada.

Un poco cortada, la recepcionista levantó el teléfono y dio la noticia de que la prometida del señor Cavaliere estaba allí.

–Su secretaria va a hablar con el señor Cavaliere. Si no le importa sentarse un momento...

Sophie atravesó el elegante vestíbulo. Antes de sentarse en un sofá de piel se vio reflejada en un espejo y suspiró, aliviada, porque los esfuerzos de Bella habían dado resultado.

Al parecer, su amiga había ido guardando cosas que tiraban las ricas clientes del hotel. Bajo su cama había dos cajas llenas de ropa y accesorios.

–Este –le había dicho mientras le mostraba un vestido de seda color marfil– tenía una mancha de carmín, pero la cliente ni se molestó en enviarlo a la lavandería. Y a estos –le mostró unos zapatos de tacón– solo había que ponerle suelas nuevas.

Había abrigos, chaquetas, faldas, incluso vestidos de noche.

El vestido de color marfil que habían elegido para aquel día le quedaba ancho, pero Bella había conseguido ajustarlo a su delgada figura y los zapatos de tacón, con suelas nuevas, le daban un aspecto muy elegante.

Habían gastado el poco dinero que tenían ahorrado en comprar un billete de avión para ir a Londres.

¿Quién iba a imaginar que su ropa estaba en una taquilla del aeropuerto?

Luka nunca lo sabría.

Sophie se levantó cuando la recepcionista se acercó a ella.

–El señor Cavaliere dice que puede subir. La acompañaré al ascensor.

Sophie quería darse la vuelta y salir corriendo, pedir unos minutos para retocarse el maquillaje o un vaso de agua, pero se limitó a atravesar el vestíbulo.

Su oficina estaba en la planta veintitrés y tenía el estómago encogido mientras iba acercándose a Luka. Pero cuando las puertas se abrieron fue recibida por una mujer llorosa que le dijo que ella era la gota que colmaba el vaso y que su prometido era un canalla y un mentiroso.

–¡Puede decirle cuando entre que su secretaria acaba de renunciar!

Sophie se limitó a sonreír.

Ah, Luka, pensó, alegrándose un poco del caos que había provocado.

Había flores frescas sobre las mesas, escritorios de caoba, gruesas alfombras, lujo por todas partes.

Y allí, tras una puerta cerrada, estaba Luka.

La última vez que llamó a su puerta él había abierto desnudo de cintura para arriba. Dudaba que tuviera esa suerte en aquella ocasión, pero intentó controlar su nerviosismo y llamó a la puerta con energía.

–Entra.

La confianza desapareció de inmediato. Después de años de autoimpuesta abstinencia sus sentidos se encendieron al escuchar esa voz.

Ese encuentro también debía de ser difícil para él y Sophie le dio un momento, pero Luka no se volvió. Siguió trabajando frente a su ordenador.

–Tu secretaria me ha pedido que te diera un mensaje: ha renunciado a su puesto. Aparentemente, soy la gota que ha colmado el vaso.

«No te vuelvas aún», le gustaría decirle. «No dejes que te vea hasta que mi corazón vuelva a latir con normalidad». Pero, por supuesto, era demasiado tarde. Luka se volvió y se encontró con esos ojos de color azul marino.

Sería más fácil y más natural estar en sus brazos que estar a un metro de él.

–Siéntate, por favor.

Sophie le contó la razón por la que estaba allí: que su padre podría salir de la cárcel, las mentiras que le había contado en esos años...

A pesar de sus esfuerzos por mantener la calma, en un momento dado se levantó para clavar un dedo en su torso y decirle que haría lo que tuviese que hacer por su padre. Que sería su falso prometido porque se lo debía.

«Podría ser tu falso prometido, pero no tu falso marido. Acepta eso o vete de aquí».

Por fin, Sophie volvió a sentarse.

—¿Quieres tomar algo? —sugirió Luka, levantando el teléfono—. Puedo pedir que nos suban el almuerzo...

—Tu secretaria se ha ido —le recordó ella.

—Ah, es verdad.

—Podrías llamar a Amber. Seguro que ella estaría encantada de ayudar al señor Cavaliere...

Luka soltó una risotada seca.

—¿Te has acostado con todas las mujeres que trabajan en el edificio?

—Con todas las guapas, aunque no tengo por qué darte explicaciones —respondió él, levantándose—. Comeremos fuera.

—No quiero comer contigo para recordar el pasado. Quiero que hablemos aquí...

—Sophie, te aseguro que tampoco yo quiero recordar el pasado. Tengo una reunión a las dos, así que será algo rápido.

Amber hizo un mohín cuando pasaron frente al mostrador de recepción.

—Menuda cara venir aquí haciéndote pasar por mi prometida —le espetó Luka. Lo enfurecía que en menos de media hora hubiese puesto su vida patas arriba. Amber estaba molesta, Tara se había ido y, como había aceptado ser su falso prometido, las próximas semanas serían un infierno. Tendría que acostarse con ella, pero no habría sexo...

Cuando llegaron al restaurante, el maître, que lo llamó por su nombre, los llevó a una mesa del fondo y les ofreció la carta de vinos, pero Luka negó con la cabeza.

—No vamos a tomar vino.

–¿Esta es una reunión de trabajo? –preguntó Sophie cuando el maître los dejó solos.

–Si fuera una reunión de trabajo ahora mismo estaríamos tomando una botella del mejor vino tinto.

–¿Y si fuera un encuentro amoroso?

–Champán en la cama –respondió Luka.

–¿Eso es lo que haces con Amber?

–Y siempre le doy la tarde libre. Soy muy considerado.

–¿Eso es lo que sueles hacer?

–No me preguntes por estos últimos años –dijo Luka, echándose hacia delante–. Tú podrías haber estado a mi lado, pero decidiste no hacerlo.

El camarero apareció con dos platos de pasta y Sophie tragó saliva. Ella nunca lloraba. Nunca. Pero estaba a punto de hacerlo.

¿Cómo hubiera sido estar con él?

–Así que trabajas como organizadora de eventos –empezó a decir Luka mientras comía.

–Sí... pero le he pasado mis clientes a un compañero esta semana.

–Deberías mudarte a mi apartamento lo antes posible.

–La vista no es hasta el miércoles.

–Pero necesitas tiempo para llevar tus cosas. Da tu nombre en recepción y ellos te ayudarán con las maletas. Yo llegaré el martes por la noche...

–Tal vez deberíamos esperar a ver qué pasa en la vista.

–Cenaremos juntos el martes mientras hablamos de los detalles –Luka miró el reloj–. Tengo que volver a la oficina. Dame tu número de móvil, por si tuviera que ponerme en contacto contigo.

–Yo te llamaré.

–Muy bien.

Salieron del restaurante y Sophie lo vio desaparecer al final de la calle, sin mirar atrás una sola vez.

Capítulo 11

TODO esto podría haber sido tuyo –comentó Bella en el apartamento de Luka, el día antes de la vista.

El apartamento era fabuloso, con enormes ventanales y una mezcla de antigüedades y muebles modernos.

–Hay un ascensor privado –dijo Bella–. ¿Quieres que subamos a la terraza?

Sophie negó con la cabeza.

–No, iremos después.

Era una agonía estar allí y saber que el apartamento era de Luka.

Bella se había esforzado mucho en esos días y en el vestidor del dormitorio principal colgaban elegantes vestidos, faldas y chaquetas. Incluso le había prestado el cepillo de plata de su madre, que estaba en el baño, junto con los cosméticos y cremas que habían comprado para dar una imagen adecuada.

–¿No te da envidia?

–Yo decidí no ir a Londres con él. Además, ¿quién sabe qué habría pasado? Tal vez no nos hubiéramos entendido –respondió Sophie–. Un encuentro romántico no asegura una buena relación. Además, no quiero nada que tenga que ver con Malvolio.

–Luka no es como su padre, trabaja mucho.

–Nosotras también, la diferencia es que nosotras no hemos logrado prosperar porque nuestros padres no nos regalaron acciones de un hotel.

Era más fácil estar enfadada con él. Más fácil que admitir la verdad, que lo echaba de menos cada minuto del día.

En cuanto a las noches...

–¿A qué hora llegará?

–En cualquier momento –respondió Sophie–. Vamos a cenar juntos para contrastar detalles.

–Sé tan exigente como las clientes del hotel, no pidas disculpas a los empleados... –Bella sonrió–. Ah, tengo un regalo para ti. Dos en realidad.

–¡No podemos permitírnoslo!

–Sí podemos. No puedes decir que eres organizadora de eventos y no tener un móvil.

–¿Qué es esto? –Sophie abrió el segundo regalo.

–Perfume del bueno.

–No tenemos dinero para eso, Bella. ¿Lo has robado?

–Sí, lo he robado –respondió su amiga–. Y no me siento culpable ni avergonzada. Me alegro de haberlo hecho por ti.

Sophie abrió el frasco de perfume y se echó unas gotitas en las muñecas.

–¿Luka ha dicho algo sobre Matteo?

–No, nada.

–Pensé que trabajaban juntos.

–No hablamos demasiado.

–Me da miedo descubrir que Matteo se ha casado. Sé que debe de creer que soy una fulana, pero sigo pensando en él todo el tiempo –admitió Bella–. ¿Crees que me recordará?

–Pues claro que sí, pero eso fue hace años. La gente rehace su vida... Luka me ha olvidado y nosotras debemos hacer lo mismo. Cuando todo esto termine, tú y yo vamos a hacer realidad nuestros sueños. Me da igual lo que tengamos que hacer, pero tú iras a la Escuela de Diseño y yo voy a trabajar en un crucero. No voy a pasar el resto de mi vida llorando por Luka. Quiero que esto termine de una vez.

–Pero Luka y tú vais a compartir cama después de tanto tiempo...

–No pasará nada.

Cuando Bella se despidió, Sophie paseó nerviosa por el apartamento. La cama del dormitorio parecía reírse de ella. Era imposible creer que pronto estaría allí con Luka. No solo le disgustaba pensar que se había acostado con otras mujeres, sino que hubiera rehecho su vida.

Sin ella.

Abrió la puerta del elegante ascensor y subió a la terraza, pequeña pero lujosa, para admirar una vista que, en otras circunstancias, le habría dejado sin aliento. Pero sus ojos estaban llenos de lágrimas.

Desde allí podía ver el Coliseo y el Vaticano y pronto las calles se llenarían de vida nocturna, pero no era eso lo que ella quería.

Nunca había querido volver a Bordo del Cielo hasta ese momento. Había demasiados recuerdos tristes allí, pero después de ver a Luka anhelaba volver a su playa secreta y estar cerca del agua, tan clara y fresca.

Incapaz de soportarlo, Sophie volvió abajo y miró el dormitorio que compartiría con Luka.

Era una habitación magnífica, mejor que la suite presidencial del hotel en el que trabajaba. Haría falta algo más que un antiguo cepillo de plata y un par de vestidos para luchar contra la masculina energía que la impedía entrar.

La cama era enorme, con un edredón de color claro, y no se imaginaba a sí misma allí con él. De hecho, se atormentaba imaginándolo con otra mujer.

—¿Sophie? —la voz profunda hizo que diera un respingo.

—Ah, Luka. No te había oído entrar.

—¿Esperabas que llamase al timbre?

—No, claro que no —apenas podía mirarlo a los ojos. Lo había visto enfadado, lo había visto arrogante y distante, pero nunca tan serio. Tenía arruguitas alrededor de los ojos y estaba pálido, tenso.

Parecía temer aquello tanto como ella.

—¿Dónde quieres ir a cenar?

—Podríamos comer algo aquí.

—Imagino que comeremos aquí a menudo cuando tu padre salga de la cárcel.

—No tienes que estar aquí todo el tiempo —dijo Sophie—. Puedes decir que tienes trabajo.

—Paulo se está muriendo, y si estuviese comprometido contigo de verdad, si te amase, tu padre sabe que no me separaría de ti.

—Sí, claro.

—¿Has contratado una enfermera?

—He pensado que sería mejor esperar hasta mañana —respondió Sophie, aunque la verdad era que no podía pagar una enfermera para que atendiese a su padre.

–Iré al Juzgado mañana y te enviaré un mensaje contándote lo que haya pasado.

–¿Por qué vas a ir tú?

–Para ahorrártelo a ti –respondió él. Y la simple frase le rompió el corazón porque ese era el hombre que había perdido–. ¿Tienes idea de la que se armará con la prensa?

–Creo que empiezo a imaginarlo. He leído en el periódico que han acampado en la puerta del Juzgado.

–Con un poco de suerte podrá salir por alguna puerta trasera. ¿Hay algo que deba saber?

–No, creo que no. Hablaremos durante la cena.

–He cambiado de opinión –dijo Luka entonces.

–¿Dónde vas?

–¿Qué te importa?

–Se supone que estamos comprometidos.

–El juego empieza mañana, Sophie –le recordó él–. Mañana fingiremos un amor que no sentimos, pero esta noche no tengo que fingir y pienso disfrutar de mi libertad antes de empezar a cumplir la sentencia.

Sophie sabía que debería morderse la lengua, pero ese nunca había sido su fuerte.

–Ah, siento interrumpir tu plácida vida.

–¿Plácida? –Luka se volvió, airado–. ¿Qué parte de mi vida es plácida? Trabajo dieciocho horas al día... hablas como si me lo hubieran dado todo en bandeja de plata.

–Las acciones del hotel que te dio tu padre fueron un buen principio.

–Mi padre no tuvo nada que ver, lo hice solo –respondió Luka–. Lo que no dije en el juicio fue que sabía durante años que mi padre era un corrupto y que tu padre era su matón. Así que cuéntame más sobre mi plácida vida.

–Yo...

–Cuando volví a Londres prácticamente tuve que suplicar a mis socios. Después de seis meses en la cárcel hay que dar muchas explicaciones. ¿Crees que mis colegas me recibieron con los brazos abiertos? En cuanto la gente descubre que estuve seis meses en la cárcel mi nombre queda empañado. No recibí nada de mi padre y he hecho todo lo que he podido para enmendar sus errores. Lo único que le debo es mi educación, pero te aseguro que he intentado olvidar...

–Yo también –murmuró Sophie.

–Me lavé las manos de todo lo que representaba Bordo del Cielo y solo volví una vez para librarme de ti. ¡No debería haber abierto la puerta esa tarde! –Luka sujetó su muñeca cuando levantó la mano–. Vuelve a pegarme y...

–¿Y me devolverás el golpe? –lo retó ella.

Luka tuvo que disimular una sonrisa. Se parecían en tantas cosas y la adoraba por tantas otras. Cuánto le gustaría terminar la pelea de otra forma, besarla hasta tenerla sometida, pero se negó ese placer.

–Vuelve a abofetearme y tendrás que contarle a tu padre toda la verdad. Lo digo en serio, Sophie, y te aseguro que no amenazo en vano. Me voy. Quiero estar con una mujer que no me cuestione, una mujer dulce y cálida...

–Saluda a Claudia de mi parte –lo interrumpió Sophie.

–¿Claudia?

–Estabas con ella en el hotel Fiscella.

Luka frunció el ceño.

–Porque Matteo y yo estamos pensando comprarlo. Claudia es uno de mis abogados, pero no estaba allí por eso. La contraté para sacar a tu padre de la cárcel.

Sophie lo miró sin entender.

–¿Por qué?

No le habló de la cadena que hacía un agujero en el bolsillo de su chaqueta ni del sentimiento de culpabilidad por el que había convertido en su misión liberar a Paulo.

–Para que fueses a mi oficina y me suplicaras –mintió Luka–. Por el placer de tumbarme en una cama contigo y no hacer nada.

–¿Por qué me odias tanto?

–Me voy –dijo él–. Nos veremos mañana, cuando empiece el juego de verdad.

Capítulo 12

SOPHIE no quería que su padre saliera de la cárcel.

Debía de ser la peor hija del mundo porque a mediodía, cuando aún no sabían nada, cuando el juez aún no había dado su veredicto, esperó que la petición fuese denegada para irse del apartamento y alejarse de Luka sin decir una sola palabra.

Pero por la tarde recibió un mensaje de texto:

La petición de libertad ha sido aprobada. El veredicto no se ha hecho público por razones de seguridad, pero tu padre estará pronto contigo.

Sophie se preguntaba qué clase de pesadilla hubiera sido conseguir la libertad de su padre sin la bien engrasada máquina de Luka Cavaliere.

Mientras los periodistas aún esperaban en las puertas del Juzgado, Paulo ya estaba descansando en el apartamento.

–Pensé que Luka estaría aquí.

–Está en el Juzgado –dijo Sophie–. Ha estado informándome desde allí.

–Es un sitio precioso –dijo su padre, mirando el

apartamento desde su sillón–. Y tiene un balcón. Me gustaría respirar un poco de aire fresco.

–También hay una terraza arriba.

–No podría subir por la escalera.

–No hace falta, hay un ascensor –la voz de Luka hizo que diera un respingo.

–¡Luka! –su padre intentó levantarse y Sophie lo ayudó–. Gracias por todo lo que has hecho. Sé que has sido tú quien ha logrado que me dejaran salir.

–Tonterías –murmuró Luka–. El juez tenía razón, en el juicio hubo muchos errores y mereces ser libre.

–¿Tú sabías que Luka estaba detrás de todo esto? –preguntó Sophie.

–Sí, claro. No es fácil que revisen una sentencia y sabía que él tenía algo que ver.

–¿Padre? –Sophie frunció el ceño porque Paulo parecía más centrado que en las últimas semanas–. ¿Estabas fingiendo la confusión?

–A veces –respondió él con una sonrisa.

Luka había abierto una botella del mejor vino y Sophie había hecho su pasta favorita, que Paulo comió con apetito.

–Sabe a casa –murmuró su padre.

–No sé si deberías beber. Estás tomando mucha medicación.

–Eres digna hija de tu madre. Acabo de salir de la cárcel, Sophie.

–Aun así...

–Te preocupas demasiado.

–Alguien tiene que hacerlo.

Sophie se había mudado a Roma para estar cerca

de su padre, aparcando sus sueños de trabajar en un crucero.

¿Para siempre?

¿Y qué importaba ya? El pasado había muerto.

Solo tenían el presente y Luka sabía que la charada no podía durar mucho tiempo.

–¿Qué planes tienes para mi hija? –preguntó Paulo entonces.

–Hace tiempo descubrí que era absurdo hacer planes por Sophie –respondió Luka–. Ella toma sus propias decisiones.

Ella torció el gesto.

–Me gustaría hacer una fiesta –anunció Paulo entonces–. Nunca hemos celebrado vuestro compromiso.

–No hace falta –intervino Sophie.

–Me gustaría celebrarlo –insistió Paulo–. Una fiesta pequeña, con poca gente...

Entonces empezó a toser y Sophie lo llevó abajo, dejando a Luka en la terraza.

–Por favor, Sophie –le pidió su padre mientras lo ayudaba a meterse en la cama–. Quiero una noche que puedas recordar.

Ella no necesitaba una fiesta para recordar ese momento, pensó mientras salía de la habitación.

–Está dormido –dijo al ver a Luka en el pasillo.

–Qué afortunado –fue la respuesta irónica de Luka–. Yo debería dormir en otra de las habitaciones de invitados...

Cualquier esperanza de hacerlo se esfumó cuando la puerta de la habitación de Paulo se abrió de repente.

–¿Podrías traerme el vino?

–¡Padre!

–¿Y podrías decirme cómo funciona la radio? Me gusta dormirme con música.

Mientras Sophie volvía a la terraza, Paulo se volvió hacia Luka.

–¿Dónde dormís vosotros? Solo por si necesito a Sophie por la noche. No pienso entrar, claro.

–Ella duerme en esa habitación –respondió Luka–. Yo duermo en el dormitorio principal.

–Por favor –Paulo estaba riendo cuando Sophie reapareció–. Tu prometido intenta hacerme creer que dormís en habitaciones separadas. Venga, no soy tan antiguo como para que tengáis que fingir.

–Genial –murmuró Luka cuando por fin cerró la puerta.

–Ya te dije que tendríamos que dormir juntos.

–Pero no había imaginado que sería un infierno.

Sophie fue al cuarto de baño para ponerse el camisón y respiró profundamente antes de salir. Luka estaba desnudándose mientras ella se metía en la cama.

–Mi padre quiere una fiesta.

–Pues la tendrá. Llamaré a Matteo y le diré que venga.

–Pero él podría contarle que no estamos juntos.

–¿Por qué iba a hacer eso? Matteo es un buen amigo y sabe que todo esto es mentira. Le llamaré ahora mismo.

–Pero si son casi las doce.

–Y parece que esta noche va a ser muy aburrida.

–¿No puedes estar una hora sin recordarme que tienes una vida sexual muy activa?

–¿Por qué te molesta tanto?

Ella no respondió y Luka, riendo, llamó a Matteo.

–Vamos a organizar una pequeña fiesta para Paulo –le contó–. ¿Puedes venir a Roma? Claro, ven con quien quieras.

Unos minutos después cortó la comunicación.

–Solo puede venir mañana porque al día siguiente debe irse a Dubái. ¿Algún problema?

–No, claro que no.

–Ah, y vendrá con su novia.

Sophie decidió no llamar a Bella para no darle el disgusto de ver a Matteo con otra mujer.

–Será algo muy sencillo –murmuró, pensando como siempre en el dinero–. Compraré algo que le guste...

–Llama a una empresa de catering –la interrumpió Luka–. Lo de hoy ha sido una excepción. Entiendo que has querido darle un poco de sabor de hogar esta noche, pero si fueras mi prometida de verdad no tendrías que haber pasado todo el día en la cocina cuando algunos de los mejores restaurantes de la ciudad están al otro lado de la calle. Llama a alguien para que decore la terraza y organice la música... ah, perdona, olvidaba que eres organizadora de eventos.

–Sí, bueno...

–¿Ya te está volviendo loca? –le preguntó Luka–. ¿Estás empezando a recordar por qué querías marcharte de Bordo del Cielo?

–Un poco –admitió ella–. Estoy cansada de oírle decir cuánto me parezco a mi madre.

Se quedaron en la cama en una situación imposiblemente incómoda, al menos para Sophie. Luka parecía tan tranquilo, pero entonces metió una mano bajo la sábana y se dio cuenta de que estaba «recolocándose» bajo el calzoncillo.

–Tengo una erección –Luka sonrió al ver su expresión sorprendida–. No te preocupes, no voy a acercarme.

–Estás de muy buen humor.

–Pensé que sería un infierno, pero la verdad es que estoy pasándolo bien. Me encanta verte tan nerviosa porque no puedes hacer nada.

Entonces hizo algo muy cruel.

Le dio un beso en la punta de su nariz y dos minutos después estaba dormido.

Capítulo 13

LUKA despertó y, por primera vez en toda su vida, la cara que había sobre la almohada era la cara que siempre había esperado.

Examinó ese hermoso rostro y miró sus pechos, que habían escapado del camisón.

Era leal, fiera, su alma gemela.

Pero sabía que nunca le perdonaría por lo que había hecho su padre. Y si lo hiciera sería durante poco tiempo. Al calor de la primera discusión le echaría en cara los pecados de su padre.

Y él no querría vivir así.

Si pudiese cambiar algo de ella, ¿lo haría? No, eso sería como cortar un trozo de una obra de arte.

–¿Por qué me miras así? –Sophie había abierto los ojos.

–Porque estás en mi cama y no hay mucho más que mirar –respondió, sonriendo cuando ella escondió su pecho desnudo.

–Está mal cuando yo lo hago, pero no cuando lo haces tú.

–¿Otra erección?

–No lo sabrás nunca –respondió Luka mientras ella saltaba de la cama.

Sophie no sabía qué ponerse. Bella le había hecho

muchos vestidos elegantes, pero nada práctico para hacer café, de modo que eligió una de sus camisas.

–¿Qué tal la fobia? La última vez que te pusiste una de mis camisas diez policías entraron de golpe en la habitación, ¿no te acuerdas?

Ella no se molestó en responder mientras salía de la habitación y no levantó la mirada cuando Luka entró en la cocina, duchado y con un traje de chaqueta.

–Pensé que ibas a tomarte el día libre.

–Tengo una oficina en Roma y mucho trabajo pendiente. Además, he pensado que te gustaría pasar el día con tu padre sin soportar mi presencia.

–Voy a llevarle el desayuno.

–El médico vendrá a las nueve –dijo Luka, dejando una tarjeta de crédito sobre la mesa.

–¿Para qué es la tarjeta?

–Para el catering y todo lo demás.

–No hace falta –mintió Sophie.

–Me has pedido que me haga pasar por tu prometido y, si lo fuese de verdad, así serían las cosas. Llama a una empresa de catering y haz que decoren la terraza. Nunca he oído hablar de tu empresa y no sé si te sería fácil encontrarlo todo con tan poco tiempo. Usa mi nombre y no tendrás ningún problema.

No tuvo ninguno. Era extraño tener el mundo en las manos gracias al apellido Cavaliere.

Salvo que la gente no mostraba miedo cuando lo pronunciaba; al contrario, parecían encantados de poder ayudar.

Las columnas de la terraza estaban rodeadas de lucecitas, las mesas decoradas con flores frescas, el cuarteto de cuerda tocaba discretamente en una esquina y la comida era deliciosa.

Pero Sophie oía toser a su padre y lo veía luchar para encontrar aliento. Sabía que todo aquello terminaría antes de que llegasen las facturas de la tarjeta de crédito, pero había decidido aprovechar esos días de lujo llamando a una esteticista para que le arreglase el pelo y la maquillase.

–Los labios rojos – dijo la joven, pero Sophie negó con la cabeza.

–No, prefiero solo un poco de brillo.

–Intente no tocarse mucho el pelo o los rizos desaparecerán.

Sophie eligió un sencillo vestido negro a juego con los zapatos que se había puesto el día que fue a la oficina de Luka y él entró en la habitación cuando estaba mirándose al espejo, intentando decidir si podía ponérselo sin sujetador.

Él miró los rizos oscuros cayendo en cascada sobre su espalda brillante, morena. Admiró las elegantes pantorrillas sobre los altos tacones...

–Siento todo este jaleo –se disculpó ella.

–No te preocupes –Luka se encogió de hombros–. Es normal que tu padre quiera una noche especial.

–Gracias.

Miró sus labios, los labios que había besado aquel día, tanto tiempo atrás. Miró el escote y los pezones marcados bajo la tela del vestido...

–Se me olvidó traer el sujetador sin tirantes.

–Esos sujetadores son feísimos.

Sophie sintió un escalofrío en la espalda, tan ligero que pensó que podría ser una caricia, pero se dio cuenta de que Luka tenía una copa en la mano y estaba quitándose la corbata con la otra.

Eran los nervios, se dijo.

—Voy a cambiarme —murmuró, volviéndose hacia el vestidor.

—No te quites ese vestido. Te pondrás algo que me excite.

—¿Por qué?

—Mortificación de la carne —Luka se encogió de hombros—. Es mi nuevo juego.

Se quitó la camisa y entró en el vestidor para tomar una limpia.

—¿No vas a ducharte?

—No hay tiempo para eso.

—Luka, por favor...

—¿Huelo mal? No creo, me he duchado esta mañana.

No era eso. Lo quería limpio, estéril, sin ese olor suyo tan particular, tan Luka.

—Voy a ayudar a mi padre a vestirse.

—No hace falta, he traído una enfermera. Y otra vendrá para reemplazarla esta noche. Tienen las mejores referencias.

—Quiero cuidar de mi padre personalmente.

—Claro que sí, pero como hija, no como enfermera.

—No puedo permitirme pagar a una enfermera —admitió Sophie entonces.

—Esas son las primeras palabras sinceras que han salido de tu boca —Luka sacudió la cabeza—. Tenemos que salir, Matteo y Shandy llegarán enseguida. Creo que van a comprometerse en un par de semanas...

–¿Shandy? –repitió Sophie, sabiendo que a Bella se le rompería el corazón al conocer la noticia–. ¿Qué clase de nombre es ese? ¿Viene con su caballo?

–Ah –Luka soltó una carcajada–. Veo que ha vuelto.

–¿Quién?

–La auténtica Sophie. Déjala salir, puedo con ella.

La «auténtica» Sophie tomó el ascensor para subir a la terraza, que se había convertido en un jardín gracias al trabajo del decorador.

Su padre estaba allí, gracias a la enfermera, y Matteo y Shandy acababan de aparecer.

–Todo está precioso –comentó Paulo.

El jardín estaba lleno de lucecitas, el cuarteto de cuerda tocaba suavemente y los camareros esperaban para lanzarse sobre los invitados.

–Ha pasado mucho tiempo –dijo Sophie, besando a Matteo en la mejilla.

–No el suficiente –replicó él.

Sophie hizo una mueca. También Matteo la odiaba, aunque no entendía por qué.

Le presentó a su rubia novia, Shandy, que con sus largas piernas y dientes prominentes de verdad se parecía a un caballo.

Los aperitivos eran deliciosos: champiñones *porcini* con trufas negras, queso, aceitunas y pan de hierbas.

–No puede ser pan siciliano.

–Lo es... no –Sophie puso una mano sobre su copa cuando el camarero iba a llenarla de nuevo.

–Disfruta –le aconsejó Luka–. Yo lo estoy haciendo.

Le gustaba la auténtica Sophie, le gustaba ver cómo

intentaba contenerse. Pero estaban jugando a un juego muy peligroso.

Tomaron canelones caseros, pastel de *ricotta* y espesa *cassata*, tan rica como un primer beso.

–*Limoncello* –Paulo sonrió mientras tomaba un trago de su licor favorito y luego se levantaba con gran dificultad–. Esta noche me compensa por tantas cosas. Esta noche estoy con viejos y nuevos amigos. Gracias a todos.

Sophie tuvo que escuchar a su padre decir que Luka y ella estaban hechos el uno para el otro...

Para guardar las apariencias, él tomó su mano, pero no hubo caricias.

–Cuando hicimos una fiesta para celebrar que Luka se iba a Londres, recuerdo a Sophie bajando por la escalera. Se había metido pañuelos en el sujetador porque quería que Luka se fijase en ella... tenía catorce años y estaba impaciente –Paulo miró a su hija–. Luka y tú tenéis tiempo ahora, pero no lo malgastéis.

Llegó el turno de Luka, que se aclaró la garganta antes de dar las gracias a los invitados. Sophie se dio cuenta de que su padre parecía agotado. Agotado, pero feliz, y agradecía tanto que Luka hubiese organizado aquella fiesta.

–Paulo, me alegro mucho de haber podido hacer esto por ti, pero también tengo algo para Sophie.

Abrió una caja de la que sacó una fina pulsera de oro y leyó la inscripción.

–*Per sempre insieme*.

Juntos para siempre.

Le gustaría tirarla por la barandilla de la terraza,

pero se la mostró a su padre, que se había puesto las gafas de leer.

–Deberíamos irnos –comentó Matteo.

–Podrías quedarte aquí –dijo Luka, pero su amigo negó con la cabeza.

–No, prefiero volver al hotel.

–¿Dónde te alojas? –le preguntó Sophie.

–En el Fiscella –respondió Matteo–. Luka y yo estamos pensando en comprarlo. Es un buen hotel, pero necesita una reforma.

–¿No trabaja allí Bella? –preguntó Paulo. Y Sophie sintió un escalofrío.

–Sí, así es.

–¿Qué hace allí?

–Es camarera –respondió Paulo–. ¿No, Sophie?

–Bueno, supongo que así tiene acceso a los clientes ricos –dijo Matteo, sarcástico, mientras tomaba la mano de Shandy para bailar.

–Pensé que te pondrías los pendientes de tu madre –comentó Paulo.

–No pegaban con el vestido –respondió ella con cierta sequedad.

–Ven, vamos a bailar –dijo Luka entonces.

«No quiero bailar contigo», le habría gustado decir. «No quiero estar entre tus brazos porque podría creer que esto es real».

Luka la tomó por la cintura. Era su primer baile y tenía que ser el último, pero no quería que terminase nunca.

–¿Por qué me has comprado la pulsera? ¿Y por qué has hecho que grabasen «juntos para siempre»?

—¿Cuál debería ser la inscripción: *Né tu letu né iu cunsulatu?*

Sophie lo miró a los ojos mientras él pronunciaba ese dicho siciliano.

«Ni tú feliz ni yo consolado».

—¿Necesitas consuelo, Luka? —su sonrisa era pura seducción.

—¿Y tú eres feliz? ¿Lo echas de menos?

—¿Qué?

—Todo lo que podríamos haber tenido.

—Tú rompiste conmigo —le recordó Sophie—. Volviste a Bordo del Cielo solo para decirme que no ibas a casarte conmigo.

—Ah, qué bien se te da rescribir la historia —replicó él—. Fuiste tú quien me dio la espalda. Tú, quien se negó a ir a Londres conmigo. ¿Lo lamentas?

Si decía que sí estaría admitiendo su amor por él. Y si admitía su amor por él... entonces eran cinco años perdidos y eso la avergonzaba, de modo que se aferró a su orgullo mientras hacía un esfuerzo para no apoyar la cabeza en su hombro.

—No.

—Entonces eras más tonta de lo que había pensado.

—¿Ahora soy tonta? Una campesina tonta, claro.

—No vas a olvidarlo nunca, ¿verdad? Siempre te dejas llevar por ese temperamento tuyo —le dijo Luka al oído. Y ella echaba humo entre sus brazos mientras sus cuerpos se movían al ritmo de la música y se excitaban el uno al otro—. Esa lengua tan veloz...

—No tan veloz —le recordó Sophie y Luka tuvo que reír.

Sí, la antigua Sophie había vuelto.

–No va a salir bien –le advirtió.

–Pero ya está saliendo bien –dijo Sophie, al sentir el roce de su erección.

–Deberías tener cuidado –le advirtió él al oído–. No tengo problema para acostarme contigo y luego marcharme.

–Tú no harías eso.

–Claro que lo haría, así que no juegues con fuego.

Era extraño estar enfadada y encendida al mismo tiempo, desear y resistirse.

–¿Por qué me odias? ¿Y por qué me odia Matteo?

–Porque soy muy aburrido cuando me emborracho –respondió Luka–. Imagino que suelo quejarme de ti.

–¿Y por qué me odias tanto?

–Tengo mis razones.

–¿Qué razones?

–Me echaste en cara los pecados de mi padre. Me comparas con él cuando yo nunca te he hecho eso.

–Mi padre es un buen hombre.

–Puede, pero no es del todo inocente –Luka besó su hombro y no había forma de esconderse. No podían pelearse en público y resistirse era una agonía.

–No lo conviertas en un santo.

–No lo hago –Sophie cerró los ojos cuando Luka apoyó la mejilla en la suya–. ¿Qué más razones?

–Tu incapacidad para dar marcha atrás y admitir que estás equivocada –dijo Luka–. Voy a besarte y a recordarte lo que dejaste atrás. Vas a saborear lo que ahora debes de echar de menos cada día.

–Un beso no va a hacer que caiga de rodillas.

–¿Quién ha dicho que va a ser solo un beso?

–Hay gente aquí. Mi padre...

–¿Y no esperará que nos besemos? Apártate cuando sea demasiado para ti...

–Pareces creer que sigo deseándote. Ya te he dicho que no deseo a nadie.

–Ah, claro, la fobia. Muy bien, cuando me pidas que pare, lo haré.

Sophie parpadeó. Ya necesitaba que parase y aún no había empezado, pero el roce de sus labios fue demasiado; la presión de su boca resultaba cruel y era un alivio dejarse llevar.

El escalofrío por su espina dorsal llegó hasta la punta de sus dedos cuando su lengua le recordó el fuego que había ardido entre ellos una vez.

–Suficiente espectáculo –dijo Sophie por fin, apartándose.

Pero no era suficiente para ellos.

–Voy a despedirme de Matteo. Tu padre parece cansado.

Sophie bajó con su padre y la enfermera en el ascensor.

–Me alegra verte feliz.

–Ya ves lo bien que Luka cuida de mí. No tienes que preocuparte por nada.

Paulo se volvió hacia la enfermera.

–¿Nos perdona un momento?

La mujer se alejó discretamente.

–No te imaginas lo maravilloso que es eso.

–¿A qué te refieres?

–A pedir privacidad y tenerla. Has hecho muy felices mis últimos días, Sophie, pero tengo que pedirte algo más. Necesito llevarte del brazo a la iglesia, quiero volver a Bordo del Cielo y...

–El viaje sería demasiado para ti.

–Entonces moriré volviendo a casa con mi Rosa.

–Padre...

–Sophie, no me digas que no. Deja que te vea casada con Luka en la iglesia en la que me casé con tu madre. Tiene que ser este fin de semana porque no veré otro, estoy seguro.

¿Cómo iba a decirle que no?

–Hablaré con Luka.

Capítulo 14

CUANDO entró en el dormitorio, Luka estaba tumbado de lado, de espaldas a ella, la sábana sobre las caderas.

No sabía si estaba despierto o dormido, pero tenía que contarle lo que había pasado. Entró en el baño y cuando empezó a desvestirse se dio cuenta de que había dejado el camisón en el dormitorio. En lugar de volver, se desnudó y se envolvió en una toalla para cepillarse los dientes.

Luka se pondría furioso, pero debía entender que su padre le había puesto en una situación imposible. Estaba a punto de morir y era lógico que quisiera volver al pueblo y ver a su hija casada con el hombre del que, supuestamente, estaba enamorada.

¿Enamorada?

Ella no amaba a Luka, lo odiaba, se dijo a sí misma. Pero no era verdad. Su cuerpo lo amaba solo a él. Nunca le había interesado ningún otro hombre. Había besado a alguno, pero los besos sabían a plástico. No podían compararse a ser devorada por el hombre que dormía al otro lado de la puerta.

Sophie entró en el dormitorio.

–Luka...

Cuando no respondió pensó que dormía y dejó caer la toalla.

–¿Qué? –preguntó él entonces.

–Nada, no importa. Hablaremos por la mañana.

–Dímelo ahora –Luka se volvió y deseó no haberlo hecho porque, a pesar de la oscuridad, podía ver su cuerpo desnudo mientras se ponía el camisón.

Debería darse la vuelta, pero no lo hizo. Había intentado ignorarla, dormir antes de que ella entrase en la habitación, pero era imposible.

–Mi padre –empezó a decir Sophie–. No he podido decirle que no.

–¿A qué te refieres?

–Quiere volver a Bordo Del Cielo lo antes posible. Quiere visitar la tumba de mi madre... y que tú y yo nos casemos.

Él no dijo nada.

–¿Luka?

–¿Vas a estar de pie toda la noche o vas a meterte en la cama?

Sophie apartó la sábana y se metió en la cama con el corazón acelerado. La tensión era casi insoportable, una mezcla de miedo y excitación. Sabía que él estaba excitado también y no podía respirar.

–¿Has oído lo que he dicho?

–Sí, lo he oído.

–Pero no has respondido.

–Ya te he dicho lo que pensaba, no voy a casarme contigo.

–Pero le he dicho que lo haríamos.

–Entonces será mejor que muera antes de que empiece la ceremonia.

–Luka... –Sophie intentó apartarse, pero él la sujetó.

–¿Qué? Di lo que ibas a decir.

–No puedes hablar en serio.

–Claro que sí. Volveré a Bordo del Cielo y tomaré parte en los preparativos de la boda. Haré lo que tenga que hacer hasta el día de la boda, pero no estaré frente al altar cuando tú llegues a la iglesia. Te dejaré plantada delante de todo el pueblo.

–¿Me odias tanto como para hacerme eso?

–Te odio tanto como te deseo.

–Eso no tiene sentido.

–Entonces lo dejaré más claro –replicó Luka–. Te odio tanto como tú me deseas a mí.

–Pero yo no te deseo. No deseo a nadie –mintió Sophie–. ¿Te casarás conmigo, Luka? No te estoy pidiendo que sea para siempre.

–No lo entiendes.

–¿No podemos empezar de nuevo? ¿No podemos dejar atrás el pasado?

–¿Sin examinarlo al detalle? ¿Sin acusaciones?

–Sí.

–Ah, qué conveniente para ti porque entonces no tendrías que admitir que estabas equivocada.

Luka se levantó de la cama para abrir la caja fuerte, de la que sacó la cadena de su madre. «Dásela», se dijo a sí mismo. «Otórgale el beneficio de la duda».

–¿Quieres que empecemos de nuevo?

–Sí –respondió Sophie–. No volveré a mencionar lo que dijiste en el juicio. No hablaré de las otras mujeres que ha habido en tu vida.

–¡Pero acabas de hacerlo! –gritó Luka, exasperado, guardando la cadena para sacar el pendiente. No estaba preparada para escuchar la verdad–. Sigues siguiendo la niña de catorce años que se metía pañuelos en el sujetador. No has crecido o, más bien, no has aprendido.

–Sigo siendo la vulgar campesina, ¿no?

–Una pelea, una mala palabra y vuelves a echarme en cara el pasado. ¿Cómo vamos a empezar de nuevo?

–Baja la voz. No quiero que mi padre nos oiga.

–Estas paredes están insonorizadas, así que di lo que quieras. Toma –dijo luego, tirándole algo dorado.

Pero no era lo que ella esperaba.

–El pendiente de mi madre.

–Lo encontré en mi dormitorio. Vamos, Sophie, di lo que tengas que decir.

–No quiero pelearme contigo.

–¿Quieres que hagamos el amor? –preguntó Luka.

Ella miró su cuerpo desnudo y frunció el ceño al ver su erección.

–No creo que *eso* tenga amor en mente.

Luka se acercó, riendo, para quitarle el camisón.

–¿Te acostarás conmigo, pero no te casarás conmigo?

–Muchas de mis novias se han quejado precisamente de eso.

–Ah, pero tú no les haces el amor a ellas como me lo haces a mí.

–Eso no lo sabes.

–Claro que lo sé –replicó Sophie, mirándolo a los ojos–. Lo sé muy bien.

–Es demasiado suponer para alguien que solo ha hecho el amor dos veces.

–Una vez. Solo lo hicimos...

Luka no dejó que terminara la frase. La besó como había querido hacerlo mientras bailaban hasta que ella le devolvió el beso, enredando los dedos en su pelo.

–Recuerda que no quiero caridad –dijo Luka mientras abría sus muslos con las rodillas.

–No es caridad –replicó Sophie mientras lo guiaba hacia su centro.

–Menuda fobia.

No quería hablar de eso, solo quería que la hiciese suya. Pero no lo hizo. Se puso de rodillas sobre ella.

–¿Qué haces?

–Retomar lo que dejamos a medias esa tarde.

Sophie estaba húmeda e hinchada, a punto de terminar. Cuando intentó apartarse, él sujetó sus caderas. Pero lo quería cara a cara, no esa íntima y descarnada exploración que no le permitía mentir.

Mientras presionaba con su larga lengua una y otra vez, Sophie pensó que se equivocaba al regañarlo por haber conocido a otras mujeres. De hecho, debería enviarles notas de agradecimiento a todas, decidió al notar la primera caricia de su lengua en el clítoris.

–Luka...

Él estaba entre sus piernas abiertas, abriéndolas más cuando ella deseaba cerrarlas.

–¿Qué? ¿Quieres que pare?

El canalla lo haría.

–No.

–Ya te he dicho que no me gustan las mártires.

Luka se apoyó en los talones y tiró de sus caderas

para seguir con sus crueles caricias; allí, pero no del todo.

–O podríamos probar algo diferente –sugirió.

–¿Por ejemplo? –Sophie no pudo evitar una sonrisa.

–Algo peligroso –dijo Luka. Y ella asintió con la cabeza.

Y entonces la besó como la primera vez; un beso que sabía dulce y nuevo. Entró en ella y rozó sus húmedos labios con los suyos mientras Sophie arañaba su espalda.

Lo lamentarían al día siguiente, pero daba igual.

La besaba como si solo fuese a besarla a ella el resto de su vida y Sophie sonreía mientras apartaba el pelo húmedo de su frente para verlo, para sentirlo. Dejó de luchar mientras hacían el amor, chupando, besando, corriéndose una y otra vez.

Habían bajado las armas y tirado los muros.

Y aceptó esa tregua temporal mientras se compensaban el uno al otro por el tiempo perdido.

Capítulo 15

NO TE entiendo –esa fue la frase que lo despertó a la mañana siguiente.

–¿De dónde ha salido el otro pendiente? –preguntó Luka al ver que llevaba los dos puestos.

–Siempre lo llevo en el bolso –respondió Sophie.

Llevaría el recuerdo de su madre para siempre y él lo sabía. Y también sabía que si le revelase la verdad no le perdonaría nunca.

Algunas cosas eran demasiado fuertes.

–No me entiendes porque no quiero que me entiendas –respondió, levantándose de la cama.

–¿Y no vas a dejar que lo intente?

Estaban más calmados que nunca, como limpiando la casa después de una fiesta salvaje que ninguno de los dos lamentaba.

Luka se sentó en la cama y tomó su mano.

–Tuvimos un amor que la mayoría de la gente nunca tendrá. Ya conoces ese dicho: mejor haber amado y perdido que...

–Odio ese dicho –lo interrumpió Sophie –más que ningún otro. ¿Quién lo escribió?

–Tennyson.

–Pues estaba equivocado.

–Estoy de acuerdo –murmuró él–. Me gustaría no haberte amado nunca.

–Pero me amaste.

–Sí.

–¿Y ahora?

Luka no sabía mentir, de modo que la besó; un beso dulce, no apasionado. Si entre ellos podía haber dulzura.

–En unos días todo habrá terminado. Volveremos a nuestra vida normal sabiendo que hicimos lo que debíamos por tu padre. Sera más fácil cuando estemos en Bordo del Cielo.

–¿Por qué?

–Porque me alojaré en el hotel y, como un prometido que se precie, no me acercaré a la novia.

–Y luego me dejarás plantada ante el altar.

–No puedo casarme contigo, Sophie. No puedo ser tu falso marido ni intercambiar promesas de amor eterno que no puedo cumplir.

Después de decir eso se levantó para ir al baño.

–A mí también me gustaría no haberte amado nunca –susurró Sophie.

Una nueva presencia había llegado con el alba, aunque nadie pareció reconocerla.

Paulo estaba muy pálido, y cuando intentó levantar la taza de café le temblaban tanto las manos que Sophie tuvo que ayudarlo.

Luka se mostraba tan amable y tan convencido mientras organizaban la rápida boda que tenía que hacer un esfuerzo para recordar que aquello no era real.

–¿Y por la noche? –preguntó Paulo, casi sin voz.

–El hotel ya tenía contratada una fiesta –le explicó Sophie mirando a Luka, pero él negó con la cabeza. No podía hacer nada porque el hotel era lo primero que había vendido.

–No necesitamos el hotel –dijo Paulo–. Antes de que lo construyeran lo celebrábamos todo en la calle. Recuerdo mi boda con tu madre... salimos de la iglesia y empezó la fiesta. Podrías llamar a Teresa para pedirle que organice una cena.

–¿Por qué iba a querer ayudarnos Teresa, padre?

–Sophie... –Luka la vio salir al balcón y apretar con fuerza la barandilla. Paulo parecía vivir en el pasado, antes de la muerte de Rosa, como si hubiera borrado todo el daño que había hecho–. *Scusi* –se disculpó antes de salir al balcón–. No recuerda dónde está o lo que ha pasado, Sophie.

–Cuando le conviene –murmuró ella.

–No, creo que no puede aceptar lo que hizo. Necesita volver a casa, ahora me doy cuenta.

–¿Le has pedido a Matteo que sea tu padrino?

–Sí. Y ha cancelado su viaje para ir a Sicilia.

–Quiero que Bella esté allí también.

–No sé si es sensato. Matteo irá con Shandy y tú sabes lo que pasó entre Bella y él.

–Los dos sabemos lo que pasó y que tu amigo pagó por ese placer –replicó ella, airada–. Dile que por muy incómodo que le haga sentir la presencia de Bella, ella estará en Bordo del Cielo –Sophie suspiró–. Necesito encontrar habitaciones para todos.

–Eso ya está solucionado –dijo Luka.

–¿Cómo?

Él volvió al interior del apartamento, sin molestarse en responder.

–Podríamos invitar a unas cuantas personas a tu casa, Paulo.

Él esbozó una pálida sonrisa.

–Ya no tengo casa allí.

–Sí la tienes. Desde que mi padre murió, mis abogados han reasignado las propiedades que fue adquiriendo. Tienes tu casa y todo lo que contiene, nada ha cambiado. Angela se ha encargado de todo.

Por ese regalo, Sophie casi podía perdonar a Luka por no amarla.

–Tengo mi casa –murmuró Paulo, incrédulo–. El vestido de tu madre estará allí, Sophie. Puedes ponértelo para la boda.

–¡No voy a ponerme el vestido de mi madre! Yo no soy mi madre...

–Sophie, por favor –le rogó Paulo, pero ella se mantuvo firme.

–No quiero una réplica de tu matrimonio, padre. Quiero que el mío sea diferente.

Tenía que contener las lágrimas cuando salió del salón para ir al dormitorio.

–¿Qué ha pasado? –Luka fue tras ella y la tomó del brazo–. Pensé que querías organizar la boda de sus sueños.

–Mi padre sabe que yo no acepto imposiciones. Si fuéramos a casarnos de verdad...

–Sigue –la animó Luka cuando dejó la frase a medias.

–¿Para qué voy a hablarte de la mujer y esposa que me gustaría ser si tú no estás dispuesto a descubrirlo? ¿Por qué voy a confiarte mis sueños cuando tú no quieres saber nada de mí? Los dos sabemos que vas a darme la espalda.

–Sophie...

–Me voy a casa de Bella.

–Tenemos que organizarnos para mañana.

–Ya lo tengo todo organizado, la iglesia, el avión. Solo me queda llamar a Teresa.

Era la llamada más difícil que había hecho en toda su vida. Teresa se mostró fría, pero cuando mencionó el apellido Cavaliere aceptó organizar un pequeño banquete.

–*Grazie* –dijo Sophie antes de cortar la comunicación.

Después, tomó el bolso y le dio a su padre un beso en la mejilla.

–Me voy, tengo cosas que hacer.

–¿Tardarás mucho?

–No lo sé, pero mañana a esta hora estarás en Bordo del Cielo. Puedes soñar con ello esta noche. Te quiero mucho, padre.

Cada día era más difícil darle las buenas noches sin saber si sería la última vez.

–Adiós, Luka –se despidió, poniéndose de puntillas para darle un beso–. Pronto nos despediremos para siempre –le dijo al oído.

–¿A qué hora volverás?

–Al amanecer. Que duermas bien.

No iba a pasar otra noche al lado de un hombre al que nunca podría tener.

–El avión sale a las siete.

–Volveré antes.

–Esta noche será nuestra última oportunidad de hablar.

–¿Para qué? No hay nada más que decir. Los dos sabemos lo que vas a hacer. Te equivocas Luka, no tengo catorce años y ya no tienes que apartarme de tus rodillas. Estaré en la iglesia y si no apareces... –se encogió de hombros–. Sobreviviré. Tengo mucha práctica.

Mantuvo la fachada de calma hasta que llegó al estudio que compartía con Bella y allí se derrumbó.

–Dice que le gustaría no haberme amado nunca.

–Al menos tú has conocido el amor.

–No sé si eso es bueno –murmuró Sophie. O tal vez sí porque pensar que no hubiera conocido nunca el amor de Luka la llenaba de tristeza–. Va a dejarme plantada en el altar.

–Peor para él –dijo Bella–. Estoy terminando tu vestido de novia. Imaginé que esto iba a pasar cuando Luka aceptó hacerse pasar por tu prometido. Lo terminaré esta noche.

–Matteo estará allí y...

–Sé que tiene novia –la interrumpió su amiga–. Y sé que es muy guapa, pero quiero ser tu dama de honor. Y no te preocupes por el trabajo, desde hoy estoy suspendida de empleo y sueldo.

–¿Por qué? ¿Qué ha pasado?

–Derramé un cubo de hielo sobre un cliente cuando llevaba el desayuno a su habitación.

–¿Y eso?

–Tropecé, pero su novia se puso furiosa y llamó a Recepción. Fue un accidente, la habitación estaba a oscuras y no lo vi... o ellos no me oyeron entrar con el desayuno porque estaban ocupados haciendo otras cosas.

Sophie notó el tono sarcástico y la miró, incrédula.

–¿Le tiraste un cubo de hielo a Matteo?

–Eso es –Bella sonrió–. Así que ya ves, estoy libre para ir a tu boda y terminar tu vestido. Vas a ser una novia preciosa.

–¿Aunque Luka nunca me verá?

–Sí te verá. Yo haré fotos cuando llegues a la iglesia –Bella abrazó a su amiga, murmurando un refrán italiano–. *Di guerra, caccia e amuri, pri un gusto milli duluri.*

En la guerra, en la caza y el amor sufres mil dolores por un momento de gozo.

Pero Sophie estaba cansada del falso orgullo, del rencor. Estaba tan cansada de victorias vacías. Tal vez había madurado, no estaba segura.

Pero lo único que quería era estar con el hombre al que amaba.

Capítulo 16

MIENTRAS volvía a Bordo del Cielo, Sophie recordó el día que se marchó de allí. Entonces tenía diecinueve años y estaba confusa, dolida y furiosa.

Aquel día también estaba confusa y dolida, pero por razones bien diferentes. Paulo dormía, Bella estaba sentada en uno de los lujosos asientos, oculta tras una cortina porque no quería que nadie viese el vestido que estaba terminando de coser para su amiga.

Sophie iba al lado de Luka, mirando por la ventanilla la tierra que tanto amaba, pero que tanto le había costado.

—Estaba equivocado —murmuró él.

—¿Sobre qué?

—Pensé que mentías cuando dijiste que eras organizadora de eventos, pero no conozco a muchas mujeres que pudiesen organizar una boda en un par de días.

—Es fácil cuando sabes... —Sophie se encogió de hombros—. Bueno, digamos que no me preocupa la tarta o si Teresa ha tenido tiempo de organizar un buen banquete —dijo, mirándole a los ojos—. ¿Cómo puedes pensar en hacerle eso a mi padre, Luka?

–¿Cómo puedes hacernos tú esto a nosotros?

Sophie recordaba esa noche en la playa, confundida, avergonzada y gritándole cuando deberían haber estado besándose.

Recordaba haberle echado en cara los pecados de su padre cuando debería haberlo amado a él.

El avión aterrizó, pero a Sophie no le importaría que volviese a despegar para alejarlos de allí.

–No soy perfecta, pero lucharía por nosotros.

–Bonito discurso. ¿Cuándo has luchado por nosotros? ¿Fuiste al funeral de mi padre? Tú deberías saber que sería terrible para mí volver a casa...

–Iba a hacerlo –lo interrumpió ella– pero acababa de descubrir que mi padre tenía una enfermedad terminal.

–Esa no es excusa para no aparecer el día que te habría necesitado más que nunca.

Tenía razón, pensó ella.

¿Debía contarle la verdad, que de no haber sido por la enfermedad de su padre no habría vuelto a ponerse en contacto con él? ¿Debía decirle que no podía pagar un viaje a Bordo del Cielo, que hubiera tenido que pedirle el dinero para el billete? ¿Un hombre como Luka aceptaría esa patética excusa?

–¿Luchaste por nosotros aquella noche, cuando te rogué que fueras conmigo a Londres?

–No.

–Entonces, ¿cuándo has luchado por nosotros?

–Lo haré ahora.

Luka se levantó sin decir nada más.

–Os acompaño.

Su padre no paraba de toser durante el viaje; el ángel de la muerte parecía ir en el coche con ellos mientras recorrían las calles de su pasado.

Pero aquel era su hogar. Y era precioso.

—¿Te acuerdas...?

Cuando ella tenía ocho años y él catorce había encontrado a Luka llorando por primera y última vez, limpiándose la cara ensangrentada en el río.

—¿Te has caído? —le había preguntado.

—Sí, me he caído.

Mientras se sentaban para comer nectarinas, ella miró sus hematomas, la nariz ensangrentada, el ojo hinchado.

—Un día serás más alto y más fuerte que él.

—¿Quién? —le había preguntado Luka, porque entonces seguía siendo leal a su padre.

—Más alto que todos los hombres del pueblo.

Luka asintió con la cabeza.

—Me acuerdo.

Juntos, como las viñas y las raíces, pasaron frente al colegio que Sophie había tenido que dejar a los quince años para trabajar en el hotel.

—Lloré el día que me fui —le confesó—. Quería aprender poesía, quería estudiar matemáticas.

—Eres muy inteligente —dijo Luka.

—¿Tú crees?

—Ya estamos aquí —dijo Bella cuando llegaron a su calle.

Era igual, pero diferente. La casa de los vecinos había sido reformada...

—Huele a Londres —comentó Sophie arrugando la nariz.

—Os dejo aquí —dijo Luka, después de ayudar a Paulo a bajar del coche.

—¿No quieres tomar un café?

—No, me voy al hotel. He quedado con Matteo.

No quería entrar, no quería ver la pobreza en la que su padre los había mantenido durante años.

—Puede que vaya a dar un paseo —anunció Bella—. Me gustaría ver mi vieja casa, aunque ahora haya otras personas viviendo allí.

Sophie miró a Luka y él se apartó un poco para hablarle en voz baja:

—No le he contado a todo el mundo lo que estoy haciendo porque no quiero que nadie se sienta en deuda conmigo. Mis abogados se pondrán en contacto con Bella, pronto descubrirá que tiene una casa.

La enfermera se llevó a un agotado Paulo a su habitación para ponerle oxígeno y darle su medicación.

—Es tu último día como mujer soltera —dijo Paulo casi sin voz—. Deberías salir con Bella.

—Estoy bien aquí —respondió Sophie.

Era cierto, aunque le resultaba tan raro estar allí otra vez. Además, tenía que pagar a Teresa.

Caminó por las calles del pueblo sin levantar la mirada porque no quería ver la casa de Malvolio sobre la colina. No quería recordar el dormitorio donde Luka y ella habían hecho el amor, y apartó la mirada al pasar frente a la iglesia donde al día siguiente Luka la dejaría plantada.

Entró en la panadería de Teresa y, como había ocurrido la última vez, todas las conversaciones cesaron. Angela estaba allí y Sophie sintió que le ardía la cara mientras se acercaba al mostrador.

–He venido a pagarte.

–No tienes que pagar nada –dijo Teresa. Sophie estaba a punto de dejar el dinero sobre el mostrador y marcharse sin decir una palabra como había hecho años antes, pero cambió de opinión.

–Teresa, imagino que debe de ser difícil para ti saber que mi padre ha vuelto. Solo quiero verme casada con Luka antes de... –Sophie tuvo que hacer un esfuerzo para contener las lágrimas–. Solo hemos venido para eso, para darle a mi padre un poco de paz en sus últimos días. Pronto nos habremos ido de aquí para siempre.

–¿Cómo está Paulo? –le preguntó Angela.

–Muy débil –Sophie dejó el dinero sobre el mostrador–. No queremos ningún problema.

Bella estaba terminando su vestido y Sophie se ocupó de las flores y de limpiar la casa como había hecho tantas veces, pero cuando Paulo despertó anunció que quería visitar la tumba de su mujer.

Fue un largo y lento paseo colina arriba y una agonía volver a casa.

La enfermera se lo llevó, llorando, a la cama.

–¿Otro paseo? –Sophie sonrió al ver a Bella maquillada.

–¿Quién sabe con quién podría encontrarme?

Un minuto después sonó un golpecito en la puerta. Era el sacerdote.

–¿Quieres decirle a tu padre que estoy aquí?

–Sí, claro.

Parecía exhausto cuando entró en la habitación y Sophie pensó que tal vez no llegaría vivo al día siguiente y podría ahorrarse el bochorno. Luka tenía razón, el viaje lo había dejado agotado y visitar la tumba de Rosa se había llevado sus últimas fuerzas.

–El sacerdote está aquí, padre. ¿Quieres verlo?

–Sí, por favor.

Sophie salió al patio y se tumbó en una hamaca al sol, intentando no pensar en lo que estaba pasando, pero su corazón pareció detenerse cuando vio una sombra sobre ella.

–Estás llorando –dijo Luka.

–No, yo nunca lloro, no sé hacerlo. Es que estoy cansada –murmuró–. El sacerdote está con mi padre, confesándolo por última vez. Imagino que tardará mucho.

Luka iba a sentarse a su lado, pero Sophie se apartó.

–Por favor, no seas hipócrita, no me ofrezcas tus brazos para luego apartarlos mañana. Estoy cansada de ser la madre de mi padre, de verlo llorar, de esperar el momento... voy a disfrutar del atardecer y luego, como manda la tradición, me pondré el vestido verde que llevan las novias sicilianas la víspera de su boda.

–Sobre mañana...

–No quiero pensar en eso –lo interrumpió ella–. El día traerá lo que traiga y yo sobreviviré –Sophie levantó la mirada cuando el sacerdote salió al patio.

–Ya se ha confesado.

Y era, pensó Luka, hora de que también él lo hiciera.

Pero no a Sophie.

Paulo estaba sentado en la cama con un rosario en la mano y una fotografía de Rosa en la otra, pero sonrió al verlo entrar.

–¿Te alegras de estar en casa?

–Mucho. He confesado mis pecados y estoy en paz –Paulo sacudió la cabeza–. ¿Cuánto tiempo pensabais seguir fingiendo por mí? ¿Hasta mi funeral?

–¿De qué estás hablando?

–No soy tonto, hijo. Siempre he sabido que Sophie me mentía. Después de lo que dijiste de ella en el juicio sabía que lo vuestro había terminado antes de empezar.

–Tu hija no perdona fácilmente.

–Es como Rosa –Paulo sonrió–. Además, leía sobre tus conquistas mientras estaba en la cárcel. He visto fotos de las chicas guapas con las que salías.

–¿Y por qué no has dicho nada?

–Sophie creía hacerme feliz diciéndome que alguien cuidaba de ella.

–Pero aquí estás, empujándonos a casarnos cuando sabes que todo es mentira. ¿Por qué?

–Porque estáis hechos el uno para el otro y esperaba que forzándoos a pasar tiempo juntos os dierais cuenta, pero parece que no ha servido de nada.

–No –admitió Luka.

–Es hora de ser sincero. Ahora, mientras aún me queda tiempo –dijo Paulo entonces–. Pagaste mucho dinero para que solucionaran mi caso. ¿Qué pasó para que de repente quisieras verme fuera de la cárcel?

–Siempre pensé que eras un hombre débil –le confesó Luka–. Te veía como el matón de mi padre, pero entonces descubrí algo y me di cuenta de que estabas protegiendo a Sophie –metió una mano en el bolsillo para sacar la cadena con la cruz–. Encontré esto entre las cosas de mi padre.

Paulo dejó escapar un sollozo mientras tomaba la cruz que había sido de su esposa y se la llevaba a los labios.

—Tú sabías que mi padre era el responsable de su muerte, ¿verdad?

—Al principio no —respondió Paulo—. Malvolio quería levantar el hotel en la playa, pero había familias, incluida la mía, que no querían vender sus casas —tardó un momento en buscar aliento—. Le dije a Rosa que deberíamos marcharnos, pero ella se negaba. Decía que alguien tenía que plantarle cara a tu padre, y unos días después murió en un accidente de coche. Malvolio se portó como un amigo... el canalla —Paulo empezó a toser.

—Déjalo, ya está bien.

—No, quiero contártelo. Tu padre me dijo que debíamos dejar a un lado nuestras diferencias y hasta organizó el funeral. Cuando le dije que no podía soportar estar en la casa en la que había vivido con ella me trajo aquí... —Paulo miró la que había sido su casa y la de Sophie—. Tardé unos meses en entender su jugada. Nos había sacado de nuestra casa y yo le había ayudado como un tonto. Nunca amenazó con hacerme daño a mí o a mi hija, solo me decía la «suerte» que tenía de poder cuidar de ella y que nuestros hijos se casarían algún día.

—Pero estaba dando a entender que le haría daño si no hacías lo que te pedía —dijo Luka.

Paulo asintió con la cabeza.

—¿Cuándo lo supiste tú?

—Cuando encontré esa cadena entre las cosas de mi padre, aunque ya sabía que era un corrupto. Por eso dejé de venir a Bordo del Cielo.

–¿Y volviste solo para romper con Sophie?

–Quería romper con todo, pero no fue tan fácil.

–El amor nunca lo es –Paulo le ofreció la cadena.

–¿Por qué me la das?

–Me habría gustado que me enterrasen con ella –el anciano sacudió la cabeza–. Pero entonces Sophie tendría que saber la verdad y nunca te perdonaría. Conozco a mi hija, y saber que tu padre fue el culpable de la muerte de Rosa es algo que nunca podría perdonar. Tírala al mar cuando haya muerto. Yo me llevaré tu secreto a la tumba.

–No es mi secreto –le recordó Luka.

–Puede serlo. Sophie te quiere y tú la quieres a ella. Por favor –Paulo le dio un último beso a la cruz antes de entregársela– no le cuentes nunca la verdad. No es necesario.

Luka se guardó la cruz en el bolsillo y salió de la habitación.

–¿Cómo está? –le preguntó Sophie con una sonrisa cansada.

–Bien.

–¿Y tú?

Luka no respondió. No sabía qué hacer. Su propio padre le había dicho que su amor no sobreviviría a la verdad...

–Estaba equivocada –dijo Sophie entonces–. Debería haber ido a Londres contigo esa noche. Estaba furiosa y lo pagué contigo.

–¿Cuándo has decidido eso?

–Ahora mismo.

–Cinco años después –Luka esbozó una sonrisa–. Has dejado que se pudriese durante cinco años. ¿Tengo

que esperar cinco años más para que me digas lo que
sientes? ¿Debo esperar que algún día te tragues tu orgullo siciliano?

–Te niegas a darme una oportunidad.

–Así es.

Capítulo 17

RECUERDAS que siempre nos sentábamos aquí? —murmuró Bella mientras movía las piernas en el agua.

—Sí, claro —Sophie sonrió—. Y también recuerdo la pelea que tuve aquí con Luka.

—Hace un día precioso para una boda.

—Una boda que no tendrá lugar.

—Te quiere, estoy segura —dijo Bella—. Luka no te dejaría plantada en el altar. No habría venido hasta Sicilia para eso.

—Me dijo que no se casaría —Sophie suspiró—. ¿Está mal que desee que mi padre muera antes de las tres para evitarle ese bochorno?

—Sí, muy mal.

—Luka es tan cabezota como yo. Critica mi temperamento siciliano, pero también él es orgulloso y me va a dejar plantada.

—Siempre podrías caerte o algo —Bella rio—. O resbalar en una de estas rocas.

—O podría meterme en el agua y sufrir un calambre. Tú tendrías que salvarme, pero habría tragado mucha agua y estaría demasiado débil para ir a la iglesia...

Rieron, sentadas al borde del agua, tristes las dos.

—Que me deje plantada, así la gente de Bordo del Cielo tendrá otro jugoso escándalo. ¡Las chicas han vuelto! —Sophie miraba a su querida amiga, que también tenía miedo aquel día—. ¿Te asusta ver a Matteo?

—Me siento un poco avergonzada.

—Él pagó por acostarse contigo.

—Y si vuelve a intentarlo le diré que ya no tiene dinero suficiente.

Bella se levantó entonces, suspirando.

—Venga, tenemos mucho que hacer.

—Vuelve tú, yo voy a quedarme un rato más.

—Muy bien, voy a hacerle el desayuno a tu padre.

—Gracias.

Una vez sola, Sophie miró los grandes barcos que surcaban el mar a lo lejos. Más lejos que nunca.

Sus ojos se llenaron de lágrimas y se inclinó para enterrar la cara entre las rodillas y llorar por el padre al que pronto perdería, por un futuro sin Luka. Pero, sobre todo, por el amor que había conocido.

Un amor que nunca podría repetirse. Estaba agotada, no solo del pasado, sino del triste futuro. Cuánto odiaba a los poetas a los que no entendía. Necesitaba un poema que le dijera cómo lidiar con un futuro sin Luka.

—Vas a dar un respingo —escuchó su voz entonces— como haces cada vez que me acerco.

—Bueno, nunca he tenido oportunidad de acostumbrarme al sonido de tu voz —dijo ella, secándose las lágrimas con el dorso de la mano—. Así que en el futuro seguiré dando respingos. ¿Cómo sabías que estaba aquí?

–Me lo ha dicho Bella. Matteo y yo volvíamos de...

–¿De tu despedida de soltero?

–En Sicilia no hay despedidas de soltero, tú lo sabes. Pero hemos estado bebiendo casi hasta ahora mismo.

–Deberías irte. Da mala suerte ver a la novia antes de la boda –dijo Sophie, irónica.

–La mala suerte nos persigue. ¿Cómo está tu padre esta mañana?

–Vivirá para ver que dejas a su hija plantada en el altar.

Luka se sentó a su lado.

Paulo sabía por qué no podía seguir adelante con la boda. Pero no debería ser su padre quien tuviera que explicárselo, por eso iba a contárselo él y se preparó para la conversación más difícil de su vida.

–¿Por qué me odias tanto, Luka?

–Hay muchas razones –Luka tomó su mano para romperle el corazón–. ¿Recuerdas la noche que nos separamos? Estabas tan enfadada que te negaste a darme una oportunidad de explicarme y me comparaste con mi padre.

–Entonces tenía diecinueve años.

–Yo también era más joven, acababa de salir de la cárcel y no sabía lo que estaba pasando. Había dicho cosas en el juicio que lamentaba, cosas que hoy no diría. Yo he cambiado, tú no.

–¿Quieres decir que no soy lo bastante sofisticada para ti?

–Quiero decir que sigues siendo de mecha corta –Luka chasqueó los dedos frente a su cara–. Esto es lo que tardas en tomar una decisión. Decides las cosas sin pensarlas bien y nada te hace cambiar de opinión.

Era cierto y ella lo sabía.

—Lamento lo que dije. Estaba confusa, dolida.

—Lo sé. ¿Cuánto tiempo tardaste en ver las cosas desde mi perspectiva?

—No lo sé.

—Casi cinco años. Has tardado todo ese tiempo.

—No, lo supe casi inmediatamente.

—¿Y qué hiciste al respecto? ¿Intentaste buscarme en Londres? ¿Me llamaste para decir que estabas equivocada y querías darme otra oportunidad?

—No.

—Solo ahora admites que puedes ver las cosas desde mi punto de vista, que podrías estar equivocada.

—¿Estás diciendo que tengo que ser perfecta?

—No —respondió Luka—. Me encanta que seas tan testaruda. Me encanta tu fuego puramente siciliano y, sin embargo, eso es lo que nos separa.

—No lo entiendo. ¿Es porque te mentí?

Luka suspiró.

—Cuéntame tus mentiras y tus secretos y yo te contaré los míos.

—¿Por qué?

—Porque la verdad no puede hacernos más daño que las mentiras.

—Soy pobre —dijo Sophie entonces—. Bella y yo somos pobres como ratas. Te hemos engañado con un vestuario prestado.

Luka sonrió.

–Ya.

–¿Lo sabías?

–No, pero sospechaba algo.

–Soy camarera en ese hotel que tú estás a punto de comprar.

–También eras pobre cuando te conocí y entonces te quería.

–¿No te importa?

–El dinero me da igual. Admito que me gusta no tener que preocuparme por él y sí, me agradan las cosas buenas, pero puedo sobrevivir sin ellas. Mi padre tenía mucho dinero y, sin embargo, era el hombre más pobre que he conocido nunca.

–Lo siento.

–¿Que sientes?

–No haber venido a su funeral.

–Da igual.

–No da igual. Mi padre ha hecho muchas cosas malas, pero yo sigo queriéndolo.

–Mi padre era mucho peor que el tuyo.

–Entonces el dolor será mayor. No creo que se pueda borrar el amor, aunque el otro no lo merezca... el amor no es como una pizarra, Luka, no viene con un borrador.

–No puedo convertirlo en un buen hombre porque no lo era, pero hubo veces, cuando mi madre vivía, en las que lo recuerdo con cierto afecto. Después de eso... –Luka sacudió la cabeza–. ¿Qué otras mentiras me has contado?

–Soy la campesina a la que tú desprecias, Luka. Cuando abriste la puerta de tu casa aquella tarde llevaba mi mejor vestido, los pendientes de mi madre, un maquillaje que me habían regalado por nuestro compromiso...

—Lamento tanto haber dicho eso. No puedo retirarlo, solo explicarte que lo dije para librarme de las garras de mi padre. No debería haberlo repetido en el juicio, lo sé. En la cárcel no dejaba de pensar en ese día... ¿y crees que recordaba tu vestido o los pendientes que llevabas?

Inclinó la cabeza para besar el lóbulo de su oreja con tanta ternura, como si fuera lo más importante del mundo para él.

—¿Crees que cuando te toco pienso en tu maquillaje? —movió los labios sobre sus párpados y Sophie empezó a llorar porque sabía que eran besos de despedida—. Te prometo que cuando recordaba esa tarde ni una sola vez recordé el vestido que llevabas. Pensaba en esto —empezó a desabrochar el lazo del vestido, dejando sus pechos desnudos bajo el sol—. Cuando recuerdo ese momento... —Luka deslizó los dedos sobre la seda de sus húmedas bragas y ella gimió cuando introdujo los dedos—. Te recuerdo desnuda... recuerdo hacerte mía por primera vez, recuerdo tus gemidos.

Fue Sophie quien se quitó las bragas mientras Luka desabrochaba la cremallera de su pantalón. Medio vestido, pero con el alma desnuda, la miró a los ojos.

Se enterró en ella y Sophie no intentó contener las lágrimas.

Luka se apoyó en los codos para mirarla a los ojos.

—No quiero que terminemos porque cuando lo hagamos...

–Me dejarás, ¿verdad?

¿Cómo podía hacerle el amor mientras asentía con la cabeza?

Había vivido ese momento solo una vez en su vida. Esa tarde, cuando el perro dejó de ladrar, cuando el resto del mundo desapareció. Pero quería olvidar el pasado y concentrarse en el presente mientras besaba al hombre al que amaba. Besaba su boca, su duro mentón, la cicatriz sobre el ojo... y Luka acabó dejándose ir.

–No –Sophie intentaba contenerse porque sabía que cuando lo hiciera todo habría terminado.

El placer se mezclaba con el dolor cuando se dejó ir porque era el final, pero miró esos ojos de color azul marino mientras Luka le ofrecía una última oportunidad.

–¿Vas a luchar por nosotros? –le preguntó mientras se apartaba para ayudarla a vestirse–. Ahora, después de lo que voy a decirte, ¿lucharás por nosotros como has prometido? –Luka puso algo en su mano–. La encontré entre las cosas de mi padre cuando murió.

–La cadena de mi madre. Entonces tu padre... –Sophie intentó recordar que debía luchar por ellos, pero se sentía acorralada.

–Con esto puedes ganar todas las peleas. Puedes recordármelo una y otra vez, pero yo no puedo vivir así. Mentí bajo juramento para proteger a tu familia, pero no sirvió de nada. He mentido sobre la Biblia, he intentado editar la verdad, pero ya no. No voy a mentir frente a un altar y tomarte como esposa temporal cuando la verdad es que te querré para siempre.

Sophie luchaba contra la ira, contra el dolor y la angustia.

—Me da igual que seas pobre, me da igual que hayas mentido... —siguió Luka—. Uno hace lo que tiene que hacer para sobrevivir, pero yo conozco mis límites. Sé que te quiero, pero no puedo estar toda mi vida pidiendo perdón por algo de lo que no soy responsable. Tengo sueños y ambiciones y no voy a dejar que vuelvan a ponerme de rodillas por culpa de mi padre.

—¿Desde cuándo lo sabes?

—Lo supe cuando murió.

—¿Y nunca antes lo habías sospechado? Tengo que saberlo.

—Recuerdo a tu madre en mi casa, gritando. Estaba furiosa con mi padre porque quería echarla de su casa. Tu padre quería irse de Bordo del Cielo, pero ella se negaba... —Luka perdió la paciencia entonces—. ¡No voy a dejar que nos hagas esto! ¿Quieres hechos? Pues lo descubrí hace un año. Siempre había sabido que era un canalla, pero si tienes intención de diseccionar hazlo con una rana muerta... ellas no sangran y, además, son de sangre fría. La mía es caliente, mi corazón late y no voy a dejar que me hagas esto.

Sophie decidió luchar entonces. Por ellos.

—Me criticas por compararte con tu padre, pero tú me comparas con mi madre. Y no solo tú, sino mi padre, todo el pueblo... cuántas veces he oído «es como Rosa». Y es verdad, yo me parezco a mi madre, pero no soy tan fuerte como ella. Debería haber escuchado cuando el hombre al que quería me dijo que teníamos que irnos de aquí. No lo hice entonces y ahora debo respetar que no puedas casarte conmigo.

–No puedo ser tu falso marido, Sophie, pero tú decides. Estaré en la iglesia hoy si decides que, a pesar de todo, puedes amarme para siempre. Y sé que lo lamentarás si no apareces porque nadie te querrá nunca como te quiero yo.

–¿Me quieres tanto que me invitas a no aparecer?

–Te quiero tanto –la interrumpió Luka– que no voy a aceptar menos de lo que merecemos. Prefiero acostarme con una extraña durante el resto de mi vida que tumbarme al lado de una mujer fría y acusadora. Prefiero tener la mitad de una vida, la mitad de mí mismo, si no puedo tenerte a ti, pero sin rencores, sin recriminaciones –Luka sacudió su orgullosa cabeza–. Yo no soy responsable de los pecados de mi padre y no voy a aceptar que me castigues por ellos.

¡Y Luka la acusaba de ser siciliana!

–No advierto dos veces –siguió–. Mi padre fue el responsable de la muerte de tu madre, pero no dejaré que sus pecados o tu rabia me hagan caer de rodillas. Si vas a la iglesia, debes saber que será para siempre. Ve solo si puedes amarme más que a las sombras de nuestro pasado. Si no puedes, entonces es mejor que no vayas.

Luka la ayudó a colocarse el vestido. Cuidaba de ella como no podría hacerlo nadie más y exigía que ella hiciese lo mismo.

Para siempre.

–¿Y qué harás si no aparezco en la iglesia?

–Nada –respondió él–. Si no apareces no pasará nada. Te desearé suerte para el futuro, aceptaré que lo nuestro no ha podido ser, estaré orgulloso de que hayas tenido el coraje de admitirlo y seguiré adelante con mi vida.

La dejó sin habla.

Aún había que pagar un precio.

¿O habría un futuro brillante para ellos?

Capítulo 18

ESTÁS guapísima –dijo Bella.

Era el vestido más bonito del mundo, pero tal vez nadie iba a verlo.

Luka le había dado siete horas para hacerse adulta. Solo le quedaban doce minutos.

–¿Temes que no aparezca?

Ya no era un pueblo lleno de secretos, pero lo que había pasado en la playa era algo que Sophie se había guardado para sí misma.

Temía ser ella quien no apareciese en la iglesia, temía no ser capaz de perdonar y olvidar...

Sophie sacó la cadena con la cruz.

«Te quiero» le dijo a su madre en silencio. «Tú me hiciste, pero yo no soy tú».

–Se parece a la que llevaba tu madre en todas las fotografías –comentó Bella.

–Es la de mi madre –respondió Sophie.

Su amiga se quedó en silencio. Lo sabía, pensó entonces. En Bordo del Cielo había secretos incluso entre las mejores amigas.

Seguramente su madre le habría contado la verdad. Todo el pueblo sabría algo que no podían contarle a una niña.

–¿Por qué mi padre no la convenció para que se fueran de aquí? –preguntó, aunque sabía la respuesta.

Rosa era muy testaruda y quería quedarse allí y luchar por lo que era suyo.

—¿Podrás perdonarlo algún día?

—¿A Malvolio? Nunca.

—Me refiero a Luka... —Bella no terminó la frase cuando Paulo entró en la habitación.

—Esos dos nombres no deben ser pronunciados en la misma frase —sus ojos se llenaron de lágrimas al ver a Sophie con la cruz de Rosa.

—Han llegado los coches —anunció Bella entonces.

—Ve tú, nos veremos en la iglesia —Sophie abrazó a su amiga—. Buena suerte con Matteo.

Luego se quedó a solas con su padre.

—Eres digna hija de tu madre. Yo quería marcharme de aquí, pero Rosa dijo que debía plantarle cara, luchar por lo que era mío. Y lo hice, hija. Había comprado los billetes para irnos... pero fue demasiado tarde.

Sophie dejó escapar un suspiro.

—No quiero un matrimonio con secretos o nombres que no puedan pronunciarse. He estado a punto de perder a Luka, no solo una vez, sino dos veces y no voy a volver a hacerlo. No voy a cometer los mismos errores que...

—¿Yo?

—Tú hiciste lo que pudiste por mí. Lo sé, padre. Y elegiste al marido perfecto para mí.

—Luka y tú estáis hechos el uno para el otro.

—Es cierto.

No era solo la novia quien estaba nerviosa ese día. El novio estaba frente al altar cuando durante años había pensado que nunca sería así. Había aceptado que no podría haber nada entre Sophie y él y, sabiendo que nunca amaría a nadie como la amaba a ella, había decidido permanecer soltero.

Hasta esa mañana.

Esa mañana había decidido jugárselo todo y contarle la verdad. Su propio padre pensaba que Sophie nunca lo perdonaría y Matteo estaba tenso.

De modo que allí estaba, frente al altar, sin saber si Sophie iba a aparecer o no.

—Pase lo que pase —empezó a decir Matteo, pero Luka lo interrumpió.

—Vendrá.

Tenía confianza en ella, en el amor que habían descubierto esa tarde, tantos años atrás.

Y hacía bien porque cuando se volvió allí estaba Sophie, con un sencillo vestido blanco y el pelo suelto, como a él le gustaba, adornado con florecitas de jazmín. En una mano llevaba un ramo de amapolas sicilianas, tan sensuales y fabulosas como ella.

Su cara de sorpresa y alegría al ver la iglesia llena de gente era algo que no olvidaría nunca. La aceptaban y entendían lo difícil que había sido para Paulo. Estaba en casa, en su hogar, y dispuesto a entregar a su hija a un hombre que la amaba.

Luka vio entonces el brillo de la cruz en su cuello...

El sentimiento de culpa, el miedo y la vergüenza se esfumaron cuando sus ojos se encontraron.

Sophie dio un paso adelante, y cuando su padre soltó su brazo corrió hasta el escudo de sus brazos y la libertad que le daban.

Corrió hacia él.

Luka besó a la novia antes de que comenzase la ceremonia. Necesitaban ese momento, aunque el sacerdote se aclaró la garganta discretamente.

–Estás aquí –murmuró.

–Y tú.

–Siempre.

Paulo se mantuvo de pie, aunque le ofrecieron un asiento. Luka se volvió para darle las gracias a Angela con los ojos. Ella era quien había hablado con la gente del pueblo, quien les había pedido que perdonasen a Paulo.

Hicieron las promesas de corazón.

–Te quiero –dijo Luka–. Siempre te he querido y siempre te querré.

–Te quiero –repitió Sophie–. Siempre te he querido y siempre te querré. E intentaré recordar eso durante toda mi vida... antes de dejarme llevar por mi temperamento.

Nadie entendió por qué el novio soltó una carcajada.

Matteo fue el padrino perfecto, aunque el día anterior Luka le había dicho que la boda no tendría lugar, que todo era mentira. Pero hizo su papel y entregó los anillos.

Luka le puso la alianza y luego metió una mano en el bolsillo de la chaqueta para sacar otro anillo, que puso en otro dedo.

Era un diamante con corte esmeralda que Bella miró con los ojos llenos de lágrimas. Era el anillo que había visto en el escaparate de Giovanni's y que había soñado que Luka le regalaría...

Pero no había tiempo para pensar en eso. Eran marido y mujer.

Las campanas de la iglesia empezaron a sonar y cuando salieron de la iglesia se encontraron con una auténtica celebración siciliana.

Las calles estaban llenas de gente y había mesas adornadas con cintas y flores. Angela y una vieja amiga ayudaron a Paulo a salir de la iglesia.

—Baila con tu padre —dijo Luka.

Y Sophie lo hizo.

Oírlo reír, verlo tan feliz, tan orgulloso, fue la mejor medicina para los dos... pero luego volvió a los brazos de Luka.

Bella y Matteo estaban bailando, como correspondía al padrino y a la dama de honor. Bella tenía los ojos cerrados, pero Matteo parecía incómodo.

—Está enfadado —dijo Luka—. Cree que ella sigue... quiero que me cuentes qué ha pasado durante todos estos años, quiero saberlo todo.

—Te contaré todo lo que quieras.

—Tu padre parece muy feliz.

—Ahora quiere que tengamos un hijo.

—Podrías decirle que estás...

—Conociéndolo, viviría nueve meses más para comprobar que decimos la verdad.

—Estamos diciendo la verdad —le recordó Luka—. Para siempre.

—¿Este anillo? ¿Es de Giovanni's?

Él asintió con la cabeza.

—En cuanto terminó el juicio fui a comprarlo. Esos meses en prisión me habían enseñado tantas cosas...

Sophie no quería pensar en lo que había pasado aquel día, en el tonto orgullo al que se había agarrado.

–Es el anillo con el que había soñado –le confesó–. Y estará conmigo para siempre.

–Y yo también.

Epílogo

SOPHIE estaba en ese sitio delicioso entre el sueño y la vigilia y, por un momento, pensó que estaba soñando.

Pero el ruido del mar y el lento movimiento de las olas le dijeron que estaba despierta. Y en su luna de miel con Luka.

Iban desde Córcega a las islas griegas, deteniéndose donde querían y, sencillamente, disfrutando del viaje.

La vida era mejor de lo que hubiera creído posible.

Su padre había aguantado lo suficiente como para saber que estaba esperando un hijo. Había visto un verano y un invierno en su querido pueblo y, por fin, descansaba al lado de Rosa.

Sophie pensó en los últimos meses. Había sido ella quien guardó la cadena con la cruz en el ataúd de su padre. Era de su madre, no suya. Pero conservó los pendientes porque eran el recuerdo de su encuentro con Luka, de los días más felices. Y había habido tantos desde entonces.

–Buenos días –la saludó Luka.

–¿Qué hacías?

–Pensando en nosotros –respondió él–. ¿Estás contenta?

–Mucho –dijo ella mirándolo a los ojos–. No quiero ni pensar en todos los años que hemos perdido.

–Necesitábamos tiempo. Éramos jóvenes y había demasiado dolor a nuestro alrededor, aunque nosotros no teníamos la culpa.

–Aun así.

–Ahora sabemos que lo nuestro es algo precioso. Si me hubiera casado contigo cuando tenías diecinueve años podrías haberme odiado para siempre.

–No.

–Sí.

Luka sonrió y, como de costumbre, a Sophie se le encogió el estómago. Era tan serio con los demás, pero tan abierto con ella.

–Necesitaba descubrir lo canalla que había sido mi padre lejos de ti –solo él pronunciaba ese nombre y agradecía tanto que los ojos de Sophie no brillasen de odio–. Este es nuestro momento.

–Entonces, ¿no crees que yo estuviese equivocada?

–Sophie...

–¿No hice que desperdiciásemos todos estos años?

–Sophie –le advirtió él con una sonrisa–. Venga, vamos a tomar el sol.

–No, vuelve a la cama.

Luka negó con la cabeza y Sophie se puso un *sarong* antes de salir a cubierta.

El cielo era precioso, tan limpio.

–¿Dónde estamos? –preguntó. Y entonces se dio cuenta de que, por primera vez, podía ver su casa desde el mar.

El sol estaba levantándose sobre Sicilia y el yate estaba lo bastante cerca como para ver la iglesia en la que se habían casado, la casa de Luka, la playa en la que habían hecho el amor.

–Solía sentarme ahí todos los días con Bella –murmuró–. Soñando con el futuro, preguntándonos cómo serían nuestras vidas. Siempre me imaginaba trabajando en un crucero...

–Y ahora estás aquí.

–Contigo –dijo Sophie. Y luego le contó una verdad más profunda, una que no le había contado a Bella, no por miedo, sino porque no se había atrevido a admitirlo entonces.

–Aunque no quería casarme, entonces ya te quería. Lo quería todo, pero no sabía qué hacer para tenerlo. Y, sin embargo, aquí estoy.

–Podemos echar el ancla –sugirió Luka– y pasar un par de días aquí si te apetece.

La gente los recibiría con los brazos abiertos. Todos habían recuperado sus casas y Bordo del Cielo estaba prosperando como nunca. Pero no había necesidad de volver por el momento.

Iban a tener una hija que algún día descubriría su pasado, el dolor y la belleza de esa tierra que llevaban en las venas.

Mientras Bordo del Cielo iba despertando, Sophie y Luka eran el brillo de un barco en el horizonte.

Estaban allí, juntos, y viviendo su sueño.

* * *

Podrás conocer la historia de Matteo y Bella en el segundo libro de la serie _Los sicilianos_ del próximo mes titulado:

UNA NOVIA SICILIANA

Bianca

Con la llegada del amanecer, se dio cuenta de que no era más que otra de sus conquistas…

Los atractivos rasgos de Leandro Reyes y su poderosa presencia hacían que las mujeres se volvieran locas por él. Era uno de los más importantes directores de cine españoles, por lo que sin duda podría tener a la mujer que deseara. Sin embargo, Isabel sintió que era diferente a todas las demás.

La noche de pasión que compartieron tuvo una consecuencia que Leandro no podría ignorar. Y no lo hizo, sino que tomó una decisión: pedirle a Isabel que se casara con él.

UNA HISTORIA DE CINE
MAGGIE COX

Acepte 2 de nuestras mejores novelas de amor GRATIS

¡Y reciba un regalo sorpresa!

Deseo

Emparejada con un príncipe
Kat Cantrell

El príncipe Alain Phineas, Finn, le entregó su amor a Juliet Villere... y ella le traicionó. A pesar del deseo que aún sentía por ella, Finn no iba a volver a dejarse llevar por sus sentimientos, ni siquiera cuando una casamentera eligió a Juliet como la pareja perfecta para él.

Entonces, el destino, personificado en los miembros de la familia real, decidió intervenir en su relación. Atrapados en una hermosa isla, tendrían que permanecer

cautivos hasta que Finn fuera capaz de convencer a Juliet de que se casara con él, terminando así con un enfrentamiento que duraba ya mucho tiempo.

¿Por qué su corazón anhelaba una segunda oportunidad?

¡YA EN TU PUNTO DE VENTA!

Ninguno de los dos estaba preparado para lo que ocurriría cuando una noche de placer no fuera suficiente

Kate Watson era una contable estirada que se había criado con una madre que se apoyaba en sus atributos físicos para conseguir cosas y, en reacción a eso, estaba decidida a ser valorada por su inteligencia y no por su belleza. Pero trabajar al lado del famoso multimillonario Alessandro Preda ponía a prueba esa determinación.

Alessandro sentía curiosidad por la virginal Kate. Estaba acostumbrado a que las mujeres lucieran sus encantos delante de él, no a que intentaran ocultarlos. Y sabía que disfrutaría del desafío que supondría desatar el volcán de sensualidad que percibía en ella…

UN DESAFÍO PARA EL JEFE
CATHY WILLIAMS